Dieses Taschenbuch enthält in englisch-deutschem Paralleldruck drei spannende Geschichten um Sherlock Holmes, den Stammvater aller Meister-Detektive. Wer gute Krimi-Tüfteleien liebt, den erwartet ein klassischer Genuß.

Liebt ein Leser auch die englische Landschaft von London bis Devonshire und die englische Sprache in ihrer leicht unterkühlten, leicht preziösen Ausprägung, so verdoppelt sich sein Vergnügen. (An den ziemlich vielen Unwahrscheinlichkeiten nimmt er, wenn er klug ist, keinen Anstoß. Sie mindern nicht das Fluidum und hindern nicht das Feuerwerk spielerischer Intelligenz.)

Wie es sich gehört, kommt in diesem Buch ein altes Herrenhaus vor – und ein ältliches Vorstadt-Viertel – und ein Rennstall auf dem Lande – und ein begriffsstutziger alter Oberst – und ein herbes Waliser Mädchen – und natürlich Dr. Watson, Sherlock Holmes' anderes Ich.

Über die beiden letztgenannten sowie über deren Drittes Ich, den Autor Artur Conan Doyle (1859–1930) gibt ein interessantes Nachwort einige Auskünfte.

dtv zweisprachig · Edition Langewiesche-Brandt

Arthur Conan Doyle

Silver Blaze and other Sherlock Holmes Stories

Silberstern und andere Sherlock-Holmes-Geschichten

Übersetzung von Angela Uthe-Spencker

Nachwort von Karl Krejci-Graf

Deutscher Taschenbuch Verlag

Deutscher Taschenbuch Verlag GmbH & Co. KG
München, September 1982. Originalausgabe

Umschlagentwurf: Celestino Piatti
Gesamtherstellung: Kösel, Kempten
Printed in Germany. ISBN 3-423-09100-2

"I am afraid, Watson, that I shall have to go," said Holmes as we sat down together to our breakfast one morning.

"Go! Where to?"

"To Dartmoor; to King's Pyland."

I was not surprised. Indeed, my only wonder was that he had not already been mixed up in this extraordinary case, which was the one topic of conversation through the length and breadth of England. For a whole day my companion had rambled about the room with his chin upon his chest and his brows knitted, charging and recharging his pipe with the strongest black tobacco, and absolutely deaf to any of my questions or remarks. Fresh editions of every paper had been sent up by our news agent, only to be glanced over and tossed down into a corner. Yet, silent as he was, I knew perfectly well what it was over which he was brooding. There was but one problem before the public which could challenge his powers of analysis, and that was the singular disappearance of the favourite for the Wessex Cup, and the tragic murder of its trainer. When, therefore, he suddenly announced his intention of setting out for the scene of the drama, it was only what I had both expected and hoped for.

"I should be most happy to go down with you if I should not be in the way," said I.

"My dear Watson, you would confer a great favour upon me by coming. And I think that your time will not be misspent, for there are points about the case which promise to make it an absolutely unique one. We have, I think, just time to catch our train at Paddington, and I will go further into the matter upon our journey. You would oblige me by bringing with you your very excellent field-glass."

SILBERSTERN

«Leider werde ich doch fahren müssen, Watson», sagte Holmes, als wir uns eines Morgens gemeinsam zum Frühstück setzten.

«Fahren! Wohin?»

«Ins Dartmoor – nach King's Pyland.»

Ich war nicht überrascht. Eigentlich wunderte ich mich nur, daß er nicht längst in diesen außergewöhnlichen Fall, das Tagesgespräch weit und breit in England, hineingezogen worden war. Einen ganzen Tag lang war mein Gefährte mit gesenktem Kinn und gerunzelten Brauen im Zimmer auf und ab gegangen, hatte seine Pfeife immer wieder mit dem stärksten schwarzen Tabak gestopft, völlig taub für irgendeine meiner Fragen oder Bemerkungen. Die neusten Ausgaben sämtlicher Zeitungen waren von unserem Presskontor heraufgeschickt worden, nur um kurz überflogen und in eine Ecke geschleudert zu werden. Dennoch, so schweigsam er auch war, so wußte ich doch genau, worüber er brütete. Unter dem, was in der Zeitung stand, gab es nur ein Rätsel, das seine analytischen Fähigkeiten herausfordern konnte, und das war das seltsame Verschwinden des Favoriten für den Wessex Pokal und der tragische Mord an seinen Trainer. Daß er nun also plötzlich die Absicht äußerte, sich an den Schauplatz des unglückseligen Geschehens zu begeben, war nur das, was ich sowohl erwartet als auch erhofft hatte.

«Sofern ich Ihnen nicht im Weg stehe, würde ich mich sehr freuen, wenn ich Sie begleiten könnte», sagte ich.

«Mein lieber Watson, Sie würden mir einen großen Gefallen tun, wenn Sie sich anschlössen. Und Ihre Zeit wird wohl auch nicht vergeudet sein, denn es gibt in diesem Falle einige Punkte, die versprechen, ihn durchaus einzigartig werden zu lassen. Wir haben, denke ich, gerade noch genug Zeit, in Paddington den nächsten Zug zu erreichen, und während der Fahrt werde ich genauer auf die Sache eingehen. Ich wäre Ihnen sehr verbunden, wenn Sie Ihren ausgezeichneten Feldstecher mitnähmen.»

And so it happened that an hour or so later I found myself in the corner of a first-class carriage flying along en route for Exeter, while Sherlock Holmes, with his sharp, eager face framed in his ear-flapped travelling-cap, dipped rapidly into the bundle of fresh papers which he had procured at Paddington. We had left Reading far behind us before he thrust the last one of them under the seat and offered me his cigar-case.

"We are going well," said he, looking out of the window and glancing at his watch. "Our rate at present is fifty-three and a half miles an hour."

"I have not observed the quarter-mile posts," said I.

"Nor have I. But the telegraph posts upon this line are sixty yards apart, and the calculation is a simple one. I presume that you have looked into this matter of the murder of John Straker and the disappearance of Silver Blaze?"

"I have seen what the *Telegraph* and the *Chronicle* have to say."

"It is one of those cases where the art of the reasoner should be used rather for the sifting of details than for the acquiring of fresh evidence. The tragedy has been so uncommon, so complete, and of such personal importance to so many people that we are suffering from a plethora of surmise, conjecture, and hypothesis. The difficulty is to detach the framework of fact – of absolute undeniable fact – from the embellishments of theorists and reporters. Then, having established ourselves upon this sound basis, it is our duty to see what inferences may be drawn and what are the special points upon which the whole mystery turns. On Tuesday evening I received telegrams from both Colonel Ross, the owner of the horse, and from Inspector Gregory, who is looking after the case, inviting my coöperation."

Und so kam es, daß ich mich ungefähr eine Stunde später in voller Fahrt unterwegs nach Exeter befand, in der Ecke eines Erste-Klasse-Waggons, wobei Sherlock Holmes mit seinem lebhaften und eifrigen Gesicht, umrahmt von der mit Ohrenklappen versehenen Reisemütze, rasch das Bündel neuester Zeitungen durchblätterte, das er sich in Paddington beschafft hatte. Reading lag schon weit hinter uns, bevor er die letzte unter den Sitz schleuderte und mir sein Zigarrenetui reichte.

«Wir haben ein gutes Tempo», sagte er mit einem Blick aus dem Fenster und dann auf seine Uhr. «Unsere Geschwindigkeit beträgt im Moment dreiundfünfzigeinhalb Meilen pro Stunde.»

«Ich habe nicht auf die Viertelmeilensteine geachtet», sagte ich.

«Ich auch nicht. Aber die Telegraphenmasten auf dieser Strecke stehen sechzig Yards voneinander entfernt, so ist die Berechnung einfach. Ich vermute, daß die Sache mit dem Mord an John Straker und dem Verschwinden von Silberstern Sie beschäftigt hat?»

«Ich habe gelesen, was der Telegraph und der Chronicle dazu meinen.»

«Es ist einer von den Fällen, in denen die Kunst des Logikers eher dazu genutzt werden sollte, Einzelheiten durchzusieben, als neue Beweise aufzutun. Der Unglücksfall ist so ungewöhnlich gewesen, so perfekt und von höchst persönlicher Bedeutung für so viele Menschen, daß ein Übermaß an Verdachtsmomenten, Deutungen und Vermutungen uns zu schaffen macht. Die Schwierigkeit besteht darin, das Gerüst des Tatbestandes – des reinen, unbestreitbaren Tatbestandes – von den Verzierungen der Theoretiker und Berichterstatter zu trennen. Dann, nachdem wir uns auf diesem verläßlichen Fundament eingerichtet haben, wird es unsere Aufgabe sein festzustellen, welche Schlüsse gezogen werden können und welches die Haupt-Punkte sind, aus denen das Geheimnis sich ableitet. Am Dienstag Abend erhielt ich zwei Telegramme: eins von Colonel Ross, dem Besitzer des Pferdes, eins von Inspektor Gregory, der den Fall übernommen hat; darin bitten sie mich um mein Mitwirken.»

"Tuesday evening!" I exclaimed. "And this is Thursday morning. Why didn't you go down yesterday?"

"Because I made a blunder, my dear Watson – which is, I am afraid, a more common occurrence than anyone would think who only knew me through your memoirs. The fact is that I could not believe it possible that the most remarkable horse in England could long remain concealed, especially in so sparsely inhabited a place as the north of Dartmoor. From hour to hour yesterday I expected to hear that he had been found, and that his abductor was the murderer of John Straker. When, however, another morning had come and I found that beyond the arrest of young Fitzroy Simpson nothing had been done, I felt that it was time for me to take action. Yet in some ways I feel that yesterday has not been wasted."

"Yo have formed a theory, then?"

"At least I have got a grip of the essential facts of the case. I shall enumerate them to you, for nothing clears up a case so much as stating it to another person, and I can hardly expect your coöperation if I do not show you the position from which we start."

I lay back against the cushions, puffing at my cigar, while Holmes, leaning forward, with his long, thin forefinger checking off the points upon the palm of his left hand, gave me a sketch of the events which had led to our journey.

"Silver Blaze," said he, "is from the Somomy stock and holds as brilliant a record as his famous ancestor. He is now in his fifth year and has brought in turn each of the prizes of the turf to Colonel Ross, his fortunate owner. Up to the time of the catastrophe he was the first favourite for the Wessex Cup, the betting being three to one on him. He has always, however, been a prime favourite with the racing
10 public and has never yet disappointed them, so that
11 even at those odds enormous sums of money have

«Dienstag Abend!» ereiferte ich mich. «Und jetzt haben wir Donnerstag Vormittag. Warum sind Sie nicht schon gestern hingefahren?»

«Weil ich einen dummen Fehler gemacht habe, mein lieber Watson – was, wie ich fürchte, häufiger vorkommt, als man meinen möchte, wenn man mich nur durch Ihre Berichte kennt. Nämlich: Ich hielt es für ausgeschlossen, daß das auffallendste Pferd von ganz England lange verborgen bleiben konnte, besonders in einem so dünn besiedelten Gebiet wie dem Norden des Dartmoor. Von Stunde zu Stunde erwartete ich gestern zu erfahren, daß es gefunden worden sei, und daß sein Entführer der Mörder John Strakers war. Als jedoch ein weiterer Tag anbrach und ich sah, daß außer der Verhaftung des jungen Fitzroy Simpson nichts geschehen war, hatte ich das Gefühl, es sei an der Zeit, mich einzuschalten. Doch irgendwie ist mir, als sei der gestrige Tag nicht vergeudet gewesen.»

«Dann haben Sie sich also eine Theorie gebildet?»

«Zumindest habe ich die wesentlichen Tatbestände des Falles erfaßt. Ich werde sie Ihnen aufzählen, denn nichts erhellt einen Fall so sehr, als ihn vor einem anderen aufzurollen; und ich kann kaum auf Ihr Mitwirken hoffen, wenn ich Ihnen nicht den Standort zeige, von dem wir ausgehen.»

Ich lehnte mich in die Polster zurück und paffte an meiner Zigarre, während mir Holmes – leicht vorgebeugt und mit dem langen dürren Zeigefinger auf dem Handteller der Linken die Punkte abhakend – eine kurze Darstellung der Ereignisse gab, die unsere Reise veranlaßt hatten.

«Silberstern», sagte er, «stammt aus der gleichen Zucht wie Somomy und hatte schon ebenso glanzvolle Erfolge wie sein berühmter Vorfahr. Er steht jetzt in seinem fünften Lebensjahr und brachte der Reihe nach alle Rennsport-Preise an Colonel Ross, seinen glücklichen Besitzer.

Zum Zeitpunkt des Verhängnisses war er der erste Favorit für den Wessex-Pokal, die Wetten standen drei zu eins für ihn. Er war jedoch immer bevorzugter Favorit des Rennpublikums gewesen und hat es bislang noch nie enttäuscht, so daß selbst auf diese Vorgabe

been laid upon him. It is obvious, therefore, that there were many people who had the strongest interest in preventing Silver Blaze from being there at the fall of the flag next Tuesday.

"The fact was, of course, appreciated at King's Pyland, where the colonel's training-stable is situated. Every precaution was taken to guard the favourite. The trainer, John Straker, is a retired jockey who rode in Colonel Ross's colours before he became too heavy for the weighing-chair. He has served the colonel for five years as jockey and for seven as trainer, and has always shown himself to be a zealous and honest servant. Under him were three lads, for the establishment was a small one, containing only four horses in all. One of these lads sat up each night in the stable, while the others slept in the loft. All three bore excellent characters. John Straker, who is a married man, lived in a small villa about two hundred yards from the stables. He has no children, keeps one maidservant, and is comfortably off. The country round is very lonely, but about half a mile to the north there is a small cluster of villas which have been built by a Tavistock contractor for the use of invalids and others who may wish to enjoy the pure Dartmoor air. Tavistock itself lies two miles to the west, while across the moor, also about two miles distant, is the larger training establishment of Mapleton, which belongs to Lord Backwater and is managed by Silas Brown. In every other direction the moor is a complete wilderness, inhabited only by a few roaming gypsies. Such was the general situation last Monday night when the catastrophe occurred.

"On that evening the horses had been exercised and watered as usual, and the stables were locked up at nine o'clock. Two of the lads walked up to the trainer's house, where they had supper in the kitchen,
12 while the third, Ned Hunter, remained on guard. At
13 a few minutes after nine the maid, Edith Baxter,

bezogen enorme Geldsummen auf ihn gesetzt wurden. Es ist deshalb einleuchtend, daß es viele Leute gab, denen sehr daran gelegen war, Silberstern daran zu hindern, beim Startsignal am kommenden Dienstag dabei zu sein.

Dies alles schätzte man natürlich in King's Pyland, wo der Rennstall des Colonel liegt, richtig ein. Jede Vorsichtsmaßnahme wurde getroffen, den Favoriten zu schützen. Der Trainer, John Straker, ist ein ausgedienter Jockey, der in der Seide von Colonel Ross geritten war, bis ihn die Waage als für zu schwer auswies. Er hat dem Colonel fünf Jahre lang als Jockey und sieben Jahre lang als Trainer gedient und sich immer als ein diensteifriger und ehrlicher Untergebener erwiesen. Ihm unterstanden drei Burschen, denn es ist ein kleines Gedinge mit insgesamt nur vier Pferden. Einer der Burschen wachte jede Nacht im Stall, während die anderen unterm Dach schliefen. Alle drei waren tadellose, einwandfreie Kerle. John Straker, der verheiratet ist, lebte in einem kleinen Haus ungefähr zweihundert Yards von den Stallungen entfernt. Er hat keine Kinder, hält ein Hausmädchen und ist gut situiert. Die Umgebung ist sehr einsam, erst eine halbe Meile gegen Norden gibt es eine kleine Häusergruppe, die von einem Unternehmer aus Tavistock gebaut wurde, für Patienten und für andere Menschen, denen vielleicht die reine Luft des Dartmoor bekömmlich ist. Tavistock selber liegt zwei Meilen westlich, während nach der anderen Seite ins Moor hinein, auch ungefähr zwei Meilen entfernt, der größere Rennstall Mapleton liegt, der Lord Backwater gehört und von Silas Brown geführt wird. In jede andere Richtung ist das Moor eine vollständige Wildnis, in der sich nur einige wenige umherziehende Zigeuner aufhalten. So also war der allgemeine Sachverhalt in der Nacht vom vergangenen Montag, zum Zeitpunkt des schrecklichen Geschehens.

An jenem Abend waren die Pferde wie gewöhnlich trainiert und zur Tränke geführt worden, und der Stall wurde um neun Uhr abgeschlossen. Zwei von den Burschen begaben sich ins Haus des Trainers, wo sie in der Küche zu Abend aßen, während der dritte, Ned Hunter, auf Wache blieb. Wenige Minuten nach neun brachte ihm das Hausmädchen, Edith

carried down to the stables his supper, which consisted of a dish of curried mutton. She took no liquid, as there was a water-tap in the stables, and it was the rule that the lad on duty should drink nothing else. The maid carried a lantern with her, as it was very dark and the path ran across the open moor.

"Edith Baxter was within thirty yards of the stables when a man appeared out of the darkness and called to her to stop. As he stepped into the circle of yellow light thrown by the lantern she saw that he was a person of gentlemanly bearing, dressed in a gray suit of tweeds, with a cloth cap. He wore gaiters and carried a heavy stick with a knob to it. She was most impressed, however, by the extreme pallor of his face and by the nervousness of his manner. His age, she thought, would be rather over thirty than under it.

"‹Can you tell me where I am?› he asked. ‹I had almost made up my mind to sleep on the moor when I saw the light of your lantern.›

"‹You are close to the King's Pyland training stables,› said she.

"‹Oh, indeed! What a stroke of luck!› he cried. ‹I understand that a stable-boy sleeps there alone every night. Perhaps that is his supper which you are carrying to him. Now I am sure that you would not be too proud to earn the price of a new dress, would you?› He took a piece of white paper folded up out of his waistcoat pocket. ‹See that the boy has this to-night, and you shall have the prettiest frock that money can buy.›

"She was frightened by the earnestness of his manner and ran past him to the window through which she was accustomed to hand the meals. It was already opened, and Hunter was seated at the small table inside. She had begun to tell him of what had
14 happened when the stranger campe up again.
15 "‹Good-evening,› said he, looking through the

Baxter, sein Abendessen, einen Teller Hammelfleisch mit Curry. Sie brachte nichts zu trinken mit, da es im Stall einen Wasserhahn gab und der diensttuende Bursche nichts anderes trinken durfte. Das Hausmädchen hatte eine Laterne dabei, da es sehr dunkel war und der Pfad über unbefestigten Moorboden führte.

Edith Baxter war nicht mehr als dreißig Yards vom Stall entfernt, als ein Mann aus der Dunkelheit auftauchte und sie zum Halten aufforderte. Als er in den gelben Lichtkegel trat, den die Laterne warf, sah sie, daß er ein Mensch von vornehmen Äußeren war, bekleidet mit einem grauen Tweedanzug und einer Tuchmütze.

Er trug Gamaschen und hatte einen schweren Spazierstock mit Knauf. Andererseits war sie erschrocken über die außergewöhnliche Blässe seines Gesichts und über sein erregtes Verhalten. Sein Alter, so kam es ihr vor, war eher über dreißig als darunter.

‹Können Sie mir sagen, wo ich mich befinde?› fragte er. ‹Ich hatte mich schon damit abgefunden, auf dem Moor zu übernachten, als ich das Licht Ihrer Laterne sah.›

‹Sie sind direkt beim Rennstall von King's Pyland›, sagte sie.

‹Nein wirklich! Was für ein Glücksfall!› rief er. ‹Soviel ich weiß, schläft ein Stallbursche jede Nacht dort allein. Das ist vielleicht gerade sein Abendessen, was Sie ihm da bringen. Nun – ich denke doch, daß Sie nicht zu stolz sind, sich Geld für ein neues Kleid zu verdienen, oder?› Er zog ein Stück gefaltetes Stück weißes Papier aus seiner Westentasche. ‹Sorgen Sie dafür, daß der Junge dies hier heute Nacht erhält, und Sie sollen das hübscheste Gewand bekommen, das für Geld zu haben ist.›

Sie war durch übereifriges Verhalten erschrocken und lief an ihm vorbei an das Fenster, durch das sie die Mahlzeiten hineinzureichen pflegte. Es stand schon offen, und Hunter saß innen an dem kleinen Tisch. Sie hatte angefangen, ihm den Vorfall zu berichten, als der Fremde wieder herantrat.

‹Guten Abend›, sagte er und sah zum Fenster hinein, ‹ich

window. ‹I wanted to have a word with you.› The girl has sworn that as he spoke she noticed the corner of the little paper packet protruding from his closed hand.

"‹What business have you here?› asked the lad.

"‹It's business that may put something into your pocket,› said the other. ‹You've two horses in for the Wessex Cup – Silver Blaze and Bayard. Let me have the straight tip and you won't be a loser. Is it a fact that at the weights Bayard could give the other a hundred yards in five furlongs, and that the stable have put their money on him?›

"‹So, you're one of those damned touts!› cried the lad. ‹I'll show you how we serve them in King's Pyland.›

"He sprang up and rushed across the stable to unloose the dog. The girl fled away to the house, but as she ran she looked back and saw that the stranger was leaning through the window. A minute later, however, when Hunter rushed out with the hound he was gone, and though he ran all round the buildings he failed to find any trace of him."

"One moment," I asked. "Did the stable-boy, when he ran out with the dog, leave the door unlocked behind him?"

"Excellent, Watson, excellent!" murmured my companion. "The importance of the point struck me so forcibly that I sent a special wire to Dartmoor yesterday to clear the matter up. The boy locked the door before he left it. The window, I may add, was not large enough for a man to get through.

"Hunter waited until his fellow-grooms had returned, when he sent a message to the trainer and told him what had occurred. Straker was excited at hearing the account, although he does not seem to have quite realized its true significance. It left him,
16 however, vaguely uneasy, and Mrs. Straker, waking
17 at one in the morning, found that he was dressing. In

würde gern kurz mit Ihnen sprechen.› Das Mädchen hat geschworen, daß sie, während er redete, die Ecke des kleinen Papierpäckchens aus seiner geschlossenen Hand herausschauen sah.

‹In welcher Angelegenheit sind Sie hier?› fragte der Bursche.

‹In einer Angelegenheit, die vielleicht etwas in Ihre Tasche schafft›, sagte der andere. ‹Ihr habt zwei Pferde für den Wessex Pokal auf der Nennliste: Silberstern und Bayard. Geben Sie mir den richtigen Tip, und es wird Ihr Schade nicht sein. Stimmt es, daß Bayard belastet nach fünf Achtelmeilen hundert Yards vor dem anderen lag und daß die Stalleigner ihr Geld auf ihn gesetzt haben?›

‹Sie sind also so ein verdammter Wettspitzel›, schimpfte der Bursche. ‹Ich zeige Ihnen mal, wie man die in King's Pyland bedient.›

Er sprang auf und stürzte durch den Stall, um den Hund loszubinden. Das Mädchen floh zurück zum Haus, doch blickte sie sich während des Laufens noch um und sah, daß der Fremde sich durchs Fenster lehnte. Wenig später jedoch, als Hunter mit dem Jagdhund herausstürzte, war er verschwunden, und obwohl der Bursche um alle Gebäude herumlief, gelang es ihm nicht, auch nur eine Spur von ihm zu entdecken.»

«Einen Moment mal!» fragte ich. «Hat der Stallbursche, als er mit dem Hund herausgelaufen kam, die Tür hinter sich unverschlossen gelassen?»

«Ausgezeichnet, Watson; ausgezeichnet!» murmelte mein Gefährte. «Die Bedeutung dieses Punktes wurde mir gestern so schlagartig klar, daß ich eigens ein Kabel nach Dartmoor durchgab, um diese Sache zu klären. Der Junge hat die Tür abgeschlossen, bevor er sich von ihr entfernte. Das Fenster, möchte ich noch erwähnen, war nicht groß genug, einen Mann hindurchzulassen.

Hunter wartete, bis die beiden anderen Pferdeknechte zurückgekehrt waren, dann ließ er dem Trainer eine Meldung machen über das, was vorgefallen war. Straker geriet, während er den Bericht hörte, in Erregung, schien aber die eigentliche Bedeutung nicht ganz zu erfassen. Immerhin blieb ein Unbehagen zurück und Mrs. Straker, die gegen ein Uhr

reply to her inquiries, he said that he could not sleep on account of his anxiety about the horses, and that he intended to walk down to the stables to see that all was well. She begged him to remain at home, as she could hear the rain pattering against the window, but in spite of her entreaties he pulled on his large mackintosh and left the house.

"Mrs. Straker awoke at seven in the morning to find that her husband had not yet returned. She dressed herself hastily, called the maid, and set off for the stables. The door was open; inside, huddled together upon a chair, Hunter was sunk in a state of absolute stupor, the favourite's stall was empty, and there were no signs of his trainer.

"The two lads who slept in the chaff-cutting loft above the harness-room were quickly aroused. They had heard nothing during the night, for they are both sound sleepers. Hunter was obviously under the influence of some powerful drug, and as no sense could be got out of him, he was left to sleep it off while the two lads and the two women ran out in search of the absentees. They still had hopes that the trainer had for some reason taken out the horse for early exercise, but on ascending the knoll near the house, from which all the neighbouring moors were visible, they not only could see no signs of the missing favourite, but they perceived something which warned them that they were in the presence of a tragedy.

"About a quarter of a mile from the stables John Straker's overcoat was flapping from a furze-bush. Immediately beyond there was a bowl-shaped depression in the moor, and at the bottom of this was found the dead body of the unfortunate trainer. His head had been shattered by a savage blow from some heavy weapon, and he was wounded on the thigh, where
18 there was a long, clean cut, inflicted evidently by
19 some very sharp instrument. It was clear, however,

morgens aufwachte, sah, daß er sich ankleidete. Als Antwort auf ihre Fragen sagte er, daß er nicht schlafen könne wegen seiner Sorge um die Pferde und daß er beabsichtige, hinunter zu den Stallungen zu gehen, um nach dem Rechten zu sehen. Sie bat ihn, im Hause zu bleiben, da sie den Regen gegen die Fenster pladdern hörte, doch trotz ihrem eindringlichen Wunsch zog er seinen weiten Gummimantel über und verließ das Haus.

Mrs. Straker erwachte um sieben Uhr morgens und merkte, daß ihr Mann noch nicht zurückgekehrt war. Sie zog sich hastig an, rief das Hausmädchen und machte sich auf zum Stall. Das Tor stand offen. Drinnen kauerte Hunter auf einem Stuhl in einem Zustand völliger Benommenheit. Die Box des Favoriten war leer, und von dem Trainer fehlte jede Spur.

Die beiden Burschen, die auf dem Häckselboden über der Sattelkammer schliefen, wurden sofort aufgeweckt. Sie hatten während der Nacht nichts gehört, denn beide sind sie gute Schläfer. Hunter stand offensichtlich unter der Wirkung einer starken Droge, und als man nichts Vernünftiges aus ihm herausbekommen konnte, überließ man ihn seinem Schlaf, während die beiden Burschen und die beiden Frauen sich schleunigst auf die Suche nach dem Vermißten machten. Sie hegten noch die Hoffnung, daß der Trainer aus unerfindlichem Grund das Pferd zu einem Frühtraining herausgeführt hatte, doch kaum waren sie auf der Kuppe nahe dem Wohnhaus angelangt, von wo aus die angrenzenden Moore zu überblicken waren, sahen sie nicht nur nichts von dem verschwundenen Favoriten, sondern erblickten etwas, das ihnen die unmittelbare Nähe einer Tragödie anzeigte.

Ungefähr eine Viertelmeile von den Stallungen entfernt flatterte John Strakers Regenmantel an einem Ginsterbusch. Gleich dahinter war eine schüsselförmige Vertiefung im Moor, auf deren Grund der Leichnam des unglückseligen Trainers gefunden wurde. Sein Schädel war durch einen brutalen Schlag von einer schweren Waffe zertrümmert worden, und am Oberschenkel war er durch einen langen sauberen Schnitt verletzt, der ihm unzweifelhaft durch ein sehr scharfes Instrument zugefügt worden war. Übrigens war deutlich zu

that Straker had defended himself vigorously against his assailants, for in his right hand he held a small knife, which was clotted with blood up to the handle, while in his left he clasped a red and black silk cravat, which was recognized by the maid as having been worn on the preceding evening by the stranger who had visited the stables. Hunter, on recovering from his stupor, was also quite positive as to the ownership of the cravat. He was equally certain that the same stranger had, while standing at the window, drugged his curried mutton, and so deprived the stables of their watchman.

As to the missing horse, there were abundant proofs in the mud which lay at the bottom of the fatal hollow that he had been there at the time of the struggle. But from that morning he has disappeared, and although a large reward has been offered, and all the gypsies of Dartmoor are on the alert, no news has come of him. Finally, an analysis has shown that the remains of his supper left by the stable-lad contained an appreciable quantity of powdered opium, while the people at the house partook of the same dish on the same night without any ill effect.

"Those are the main facts of the case, stripped of all surmise, and stated as baldly as possible. I shall now recapitulate what the police have done in the matter.

"Inspector Gregory, to whom the case has been committed, is an extremely competent officier. Were he but gifted with imagination he might rise to great heights in his profession. On his arrival he promptly found and arrested the man upon whom suspicion naturally rested. There was little difficulty in finding him, for he inhabited one of those villas which I have mentioned. His name, it appears, was Fitzroy Simpson. He was a man of excellent birth and education, who had squandered a fortune upon the turf, and who

sehen, daß Straker sich sehr heftig gegen seine Angreifer gewehrt hatte, denn in der rechten Hand hielt er ein kleines Messer, das bis zum Heft mit Blut verklebt war, während er in der Linken eine rot und schwarz gemusterte Seidenkrawatte gepackt hielt, welche von dem Hausmädchen als jene erkannt wurde, die am vorhergehenden Abend von dem Fremden getragen worden war, der die Stallungen aufgesucht hatte. Hunter, der allmählich aus seiner Betäubung erwachte, war sich auch ganz sicher, was den Besitzer der Krawatte betraf. Und ebenso überzeugt war er, daß derselbe Fremde, von seinem Fensterplatz aus dem currygewürzten Hammelgericht die Droge beigemischt und so die Stallungen ihres Wächters beraubt hatte. Hinsichtlich des verschwundenen Pferdes gab es reichliche Beweise im Modder am Grund der verhängnisvollen Bodensenke, daß es im Augenblick des Kampfes dort gewesen war. Doch von jenem Morgen an war es verschwunden; und obwohl eine hohe Belohnung ausgesetzt worden ist und alle Zigeuner im Dartmoor die Augen offen halten, hat man nichts über das Pferd erfahren. Schließlich hat eine Analyse ergeben, daß die Reste, die vom Abendessen des Stallburschen übriggeblieben waren, eine erhebliche Menge pulverisierten Opiums enthielten, wohingegen die Leute im Haus am selben Abend vom gleichen Gericht gegessen haben, ohne daß es unangenehme Nachwirkungen gegeben hätte.

Dies also sind die wichtigen Tatbestände des Falles, frei von allen Verdachtsmomenten und so knapp wie möglich dargestellt. Jetzt will ich noch zusammenfassen, was die Polizei in dieser Angelegenheit unternommen hat.

Inspektor Gregory, dem der Fall anvertraut wurde, ist ein äußerst fähiger Polizeibeamter. Wäre er auch noch mit Phantasie begabt, dann hätte er in seinem Beruf die größten Aufstiegschancen. Nach seiner Ankunft machte er den Mann, auf dem der Verdacht ganz selbstverständlich lastete, sofort ausfindig und verhaftete ihn. Es war nicht sehr schwer, ihn zu finden, denn er wohnte in einem der Landhäuser, von denen ich gesprochen habe. Sein Name, so stellte sich heraus, ist Fitzroy Simpson. Er war ein Mann von vorzüglicher Herkunft und Erziehung, der auf den Rennplätzen ein Vermögen

lived now by doing a little quiet and genteel book-making in the sporting clubs of London. An examination of his betting-book shows that bets to the amount of five thousand pounds had been registered by him against the favourite. On being arrested he volunteered the statement that he had come down to Dartmoor in the hope of getting some information about the King's Pyland horses, and also about Desborough, the second favourite, which was in charge of Silas Brown at the Mapleton stables. He did not attempt to deny that he had acted as described upon the evening before, but declared that he had no sinister designs and had simply wished to obtain firsthand information. When confronted with his cravat he turned very pale and was utterly unable to account for its presence in the hand of the murdered man. His wet clothing showed that he had been out in the storm of the night before, and his stick, which was a penang-lawyer weighted with lead, was just such a weapon as might, by repeated blows, have inflicted the terrible injuries to which the trainer had succumbed. On the other hand, there was no wound upon his person, while the state of Straker's knife would show that one at least of his assailants must bear his mark upon him.

"There you have it all in a nutshell, Watson, and if you can give me any light I shall be infinitely obliged to you."

I had listened with the greatest interest to the statement which Holmes, with characteristic clearness, had laid before me. Though most of the facts were familiar to me, I had not sufficiently appreciated their relative importance, nor their connection to each other.

"Is it not possible," I suggested, "that the incised wound upon Straker may have been caused by his own knife in the convulsive struggles which follow any brain injury?"

verschleudert hat; jetzt lebt er davon, daß er in den Sportclubs von London eine kleine ruhige und vornehme Buchmacherei betreibt. Eine Überprüfung seines Wettbuches ergab, daß Wetten in der Gesamthöhe von fünftausend Pfund gegen den Favoriten von ihm eingetragen worden waren. Bei seiner Verhaftung bestätigte er freimütig, daß er nach Dartmoor gekommen war in der Hoffnung, einen Tip über die Pferde von King's Pyland zu bekommen, auch über Desborough, den zweiten Favoriten, welcher sich in der Obhut von Silas Brown in den Mapleton-Stallungen befand. Er versuchte nicht zu leugnen, daß er so wie beschrieben am Abend zuvor gehandelt hatte, doch sagte er aus, daß er keine dunklen Pläne verfolgt habe und sich einfach nur Informationen aus erster Hand beschaffen wollte. Als man ihm die Krawatte vorlegte, wurde er sehr blaß und war ganz und gar unfähig, sich für ihr Vorhandensein in der Hand des Ermordeten zu verantworten. Seine feuchte Kleidung bewies, daß er während der vorhergehenden Nacht draußen im Unwetter gewesen war, und sein schwerer Spazierstock mit bleibeschwertem Holzknauf war gerade so eine Waffe, mit der man durch wiederholte Schläge die schrecklichen Verletzungen hätte zufügen können, denen der Trainer erlegen war. Andererseits hat er selber keine Verletzung davongetragen, während der Zustand von Strakers Messer doch zeigt, daß wenigstens einer seiner Angreifer mit einem Wundmal gezeichnet sein muß.

Dies wäre es in aller Kürze, Watson, und wenn Sie mir ein wenig Licht in die Sache bringen können, werde ich Ihnen unendlich dankbar sein.»

Ich hatte mit größter Aufmerksamkeit dem Bericht gelauscht, den Holmes mit der ihm eigenen Klarheit vor mir aufgerollt hatte. Obwohl mir die meisten Tatbestände bekannt waren, so hatte ich doch nicht genügend ihre im gegenseitigen Verhältnis stehende Bedeutung erkannt, noch ihre Verbindung untereinander.

«Wäre es nicht denkbar», äußerte ich meine Vermutung, «daß die Schnittwunde an Straker von seinem eigenen Messer herrührte durch die zuckenden Körperbewegungen, die auf jede Gehirnverletzung folgen?»

"It is more than possible; it is probable," said Holmes. "In that case one of the main points in favour of the accused disappears."

"And yet," said I, "even now I fail to understand what the theory of the police can be."

"I am afraid that whatever theory we state has very grave objections to it," returned my companion. "The police imagine, I take it, that this Fitzroy Simpson, having drugged the lad, and having in some way obtained a duplicate key, opened the stable door and took out the horse, with the intention, apparently, of kidnapping him altogether. His bridle is missing, so that Simpson must have put this on. Then, having left the door open behind him, he was leading the horse away over the moor when he was either met or overtaken by the trainer. A row naturally ensued. Simpson beat out the trainer's brains with his heavy stick without receiving any injury from the small knife which Straker used in self-defence, and then the thief either led the horse on to some secret hiding-place, or else it may have bolted during the struggle, and be now wandering out on the moors. That is the case as it appears to the police, and improbable as it is, all other explanations are more improbable still. However, I shall very quickly test the matter when I am once upon the spot, and until then I cannot really see how we can get much further than our present position."

It was evening before we reached the little town of Tavistock, which lies, like the boss of a shield, in the middle of the huge circle of Dartmoor. Two gentlemen were awaiting us in the station – the one a tall, fair man with lion-like hair and beard and curiously penetrating light blue eyes; the other a small, alert person, very neat and dapper, in a frock-coat and gaiters, with trim little side-whiskers and an eyeglass.
24 The latter was Colonel Ross, the well-known sports-
25 man; the other, Inspector Gregory; a man who was

«Es ist mehr als nur möglich, es ist sogar wahrscheinlich», sagte Holmes. «In diesem Fall geht einer der Hauptpunkte zur Entlastung des Hauptverdächtigen verloren.»

«Und dennoch», sagte ich, «selbst dann verstehe ich nicht recht, welches Gedankengebäude die Polizei haben mag.»

«Ich befürchte, daß jedweder Gedanke, den wir vorbringen, im harten Widerspruch zu dem ihren steht», erwiderte mein Gefährte. «Die Polizei vermutet, stelle ich mir vor, daß dieser Fitzroy Simpson, nachdem er den Burschen betäubt und sich auf irgend eine Weise einen Nachschlüssel verschafft hatte, das Stalltor geöffnet und das Pferd hinausgeführt hat, offensichtlich in der Absicht, es schlichtweg zu entführen. Das Zaumzeug fehlt, also muß Simpson es ihm angelegt haben. Dann, nachdem er das Tor hinter sich offen ließ, und das Pferd fort über das Moor führte, stieß er entweder auf den Trainer oder wurde von ihm eingeholt. Natürlich folgte darauf eine tätliche Auseinandersetzung, Simpson zertrümmerte den Schädel des Trainers mit seinem schweren Spazierstock, ohne selbst eine Verletzung durch das kleine Messer davonzutragen, welches Straker zur Selbstverteidigung benutzte; und dann führte der Dieb das Pferd entweder zu einem geheimen Versteck – oder es kann auch während des Kampfes ausgerissen sein und irrt nun draußen im Moor umher. So stellt sich der Fall der Polizei dar. Es ist unwahrscheinlich, daß es so war, doch alle anderen Erklärungen sind noch unwahrscheinlicher. Jedenfalls werde ich mich rasch und gründlich umsehen, wenn ich erst mal an Ort und Stelle bin; bis dahin weiß ich nicht so recht, wie wir sehr viel weiter als bis zu unserem jetzigen Wissensstand kommen können.»

Es wurde Abend, bis wir das Städtchen Tavistock erreichten, das wie der Buckel eines Schildes in der Mitte des riesigen runden Dartmoor liegt. Zwei Herren erwarteten uns am Bahnhof. Der eine war ein großer blonder Mann mit löwengleichem Haar und Bart und merkwürdig stechenden hellblauen Augen, der andere ein kleiner lebhafter Mensch, sehr gepflegt und adrett, in Gehrock und Gamaschen, mit gestutztem kleinen Backenbart und Monokel. Der letztere war Colonel Ross, der bekannte Sportsmann, der andere war Inspektor

rapidly making his name in the English detective service.

"I am delighted that you have come down, Mr. Holmes," said the colonel. "The inspector here has done all that could possibly be suggested, but I wish to leave no stone unturned in trying to avenge poor Straker and in recovering my horse."

"Have there been any fresh developments?" asked Holmes.

"I am sorry to say that we have made very little progress," said the inspector. "We have an open carriage outside, and as you would no doubt like to see the place before the light fails, we might talk it over as we drive."

A minute later we were all seated in a comfortable landau and were rattling through the quaint old Devonshire city. Inspector Gregory was full of his case and poured out a stream of remarks, while Holmes threw in an occasional question or interjection. Colonel Ross leaned back with his arms folded and his hat tilted over his eyes, while I listened with interest to the dialogue of the two detectives. Gregory was formulating his theory, which was almost exactly what Holmes had foretold in the train.

"The net is drawn pretty close round Fitzroy Simpson," he remarked, "and I believe myself that he is our man. At the same time I recognize that the evidence is purely circumstantial, and that some new development may upset it."

"How about Straker's knife?"

"We have quite come to the conclusion that he wounded himself in his fall."

"My friend Dr. Watson made that suggestion to me as we came down. If so, it would tell against this man Simpson."

"Undoubtedly. He has neither a knife nor any sign
26 of a wound. The evidence against him is certainly
27 very strong. He had a great interest in the disap-

Gregory, ein Mann, der sich unaufhaltsam einen Namen im englischen Kriminaldienst machte.

«Ich freue mich, daß Sie hierher gekommen sind, Mr. Holmes», sagte der Colonel. «Der Inspektor hier hat alles nur Erdenkliche getan, doch ich will nichts unversucht lassen in dem Vorhaben, den armen Straker zu rächen und mein Pferd zurückzubekommen.»

«Hat es irgendwelche neuen Entwicklungen gegeben?» fragte Holmes.

«Leider sind wir nur um weniges weitergekommen», sagte der Inspektor. «Vor dem Bahnhof haben wir eine offene Kutsche, und da Sie zweifellos den Schauplatz sehen wollen, bevor es dämmert, sprechen wir besser während der Fahrt darüber.»

Gleich danach saßen wir alle in einem bequemen Landauer und ratterten durch die malerische alte Hauptstadt von Devonshire. Inspektor Gregory war angefüllt mit seinem Fall und ergoß sich in einen Strom von Darlegungen, während Holmes nur eine gelegentliche Frage oder Äußerung dazwischenwarf. Colonel Ross saß zurückgelehnt mit verschränkten Armen, und sein Hut beschattete seine Augen, während ich aufmerksam dem Zwiegespräch der beiden Detektive lauschte. Gregory legte seinen Gedankengang dar, der fast identisch war mit dem, was Holmes im Zug vorhergesagt hatte.

«Das Netz ist ganz schön dicht um Fitzroy Simpson gezogen», bemerkte er, «und ich bin selber überzeugt, daß er unser Mann ist. Doch gleichzeitig ist mir klar, daß das Beweismaterial nur aus Indizien besteht und daß irgend eine neue Entwicklung es entkräften kann.»

«Was ist mit Strakers Messer?»

«Wir sind eigentlich zu dem Schluß gekommen, daß er sich bei seinem Sturz selbst verletzte.»

«Mein Freund Dr. Watson äußerte mir gegenüber auf unserer Herfahrt auch diese Vermutung. Wenn das der Fall ist, so spräche es gegen diesen Simpson.»

«Zweifellos. Er hat weder ein Messer noch irgendeine Art von Wunde. Die Indizien gegen ihn sind geradezu zwingend. Am Verschwinden des Favoriten war ihm sehr gelegen.

pearance of the favourite. He lies under suspicion of having poisoned the stable-boy; he was undoubtedly out in the storm; he was armed with a heavy stick, and his cravat was found in the dead man's hand. I really think we have enough to go before a jury."

Holmes shook his head. "A clever counsel would tear it all to rags," said he. "Why should he take the horse out of the stable? If he wished to injure it, why could he not do it there? Has a duplicate key been found in his possession? What chemist sold him the powdered opium? Above all, where could he, a stranger to the district, hide a horse, and such a horse as this? What is his own explanation as to the paper which he wished the maid to give to the stable-boy?"

"He says that it was a ten-pound note. One was found in his purse. But your other difficulties are not so formidable as they seem. He ist not a stranger to the district. He has twice lodged at Tavistock in the summer.

The opium was probably brought from London. The key, having served its purpose, would be hurled away. The horse may be at the bottom of one of the pits or old mines upon the moor."

"What does he say about the cravat?"

"He acknowledges that it is his and declares that he had lost it. But a new element has been introduced into the case which may account for his leading the horse from the stable."

Holmes pricked up his ears.

"We have found traces which show that a party of gypsies encamped on Monday night within a mile of the spot where the murder took place. On Tuesday they were gone. Now, presuming that there was some understanding between Simpson and these gypsies, might he not have been leading the horse to them
28 when he was overtaken, and may they not have him
29 now?"

Er steht unter dem Verdacht, dem Stallburschen eine Droge verpaßt zu haben. Er war zweifellos draußen im Unwetter. Er war mit einem schweren Spazierstock ausgerüstet. Seine Krawatte wurde in der Hand des Toten gefunden. Ich meine wirklich, daß das reicht, um ihn vor Gericht zu bringen.»

Holmes schüttelte den Kopf. «Ein geschickter Anwalt würde das alles in Stücke reißen», sagte er. «Warum hätte er das Pferd aus dem Stall führen sollen? Wenn er ihm einen Schaden zufügen wollte, warum hätte er es nicht dort tun können? Ist ein Nachschlüssel in seinem Besitz gefunden worden? Welcher Apotheker verkaufte ihm das Opiumpulver? Und vor allem, wo hätte er, in dieser Gegend nicht ortskundig, ein Pferd verstecken können, noch dazu ein solches Pferd? Wie lautet seine Aussage bezüglich des Papiers, welches er das Hausmädchen bat, dem Stallburschen zu geben?»

«Er sagt, daß es eine Zehnpfundnote war. Eine solche wurde in seiner Geldbörse gefunden. Doch Ihre anderen Einwendungen sind nicht so gewaltig, wie sie scheinen. Simpson ist ortskundig. Er hat sich zweimal während des Sommers in Tavistock einquartiert. Das Opium stammt wahrscheinlich aus London. Der Schlüssel, nachdem er seinen Zweck erfüllt hatte, ist sicher weggeworfen worden. Das Pferd liegt vielleicht am Grunde eines der Bergbauschächte oder einer der aufgelassenen Gruben im Moor.»

«Und was sagt er zu der Krawatte?»

«Er gibt zu, daß es seine ist und erklärt, daß er sie verloren habe. Doch ein neuer wesentlicher Faktor ist ins Spiel gekommen, der erklären könnte, warum er das Pferd von den Stallungen weggeführt hat.»

Holmes spitzte die Ohren.

«Wir haben Spuren gefunden, die darauf hinweisen, daß am Montag Abend weniger als eine Meile von der Stelle entfernt, wo der Mord passiert ist, ein Zigeunertrupp sein Lager aufgeschlagen hatte. Am Dienstag waren sie verschwunden. Angenommen nun, zwischen Simpson und diesen Zigeunern gab es ein Einvernehmen, hätte er dann nicht, nachdem er überrascht wurde, ihnen das Pferd zuführen können – und vielleicht ist es jetzt bei ihnen.»

"It is certainly possible."

"The moor is being scoured for these gypsies. I have also examined every stable and outhouse in Tavistock, and for a radius of ten miles."

"There is another training-stable quite close, I understand?"

"Yes, and that is a factor which we must certainly not neglect. As Desborough, their horse, was second in the betting, they had an interest in the disappearance of the favourite. Silas Brown, the trainer, is known to have had large bets upon the event, and he was no friend to poor Straker. We have, however, examined the stables, and there is nothing to connect him with the affair."

"And nothing to connect this man Simpson with the interests of the Mapleton stables?"

"Nothing at all."

Holmes leaned back in the carriage, and the conversation ceased. A few minutes later our driver pulled up at a neat little red-brick villa with overhanging eaves which stood by the road. Some distance off, across a paddock, lay a long gray-tiled outbuilding. In every other direction the low curves of the moor, bronze-coloured from the fading ferns, stretched away to the sky-line, broken only by the steeples of Tavistock, and by a cluster of houses away to the westward which marked the Mapleton stables. We all sprang out with the exception of Holmes, who continued to lean back with his eyes fixed upon the sky in front of him, entirely absorbed in his own thoughts. It was only when I touched his arm that he roused himself with a violent start and stepped out of the carriage.

"Excuse me," said he, turning to Colonel Ross, who had looked at him in some surprise. "I was day-dreaming." There was a gleam in his eyes and a suppressed excitement in his manner which convinced me, used as I was to his ways, that his hand

«Möglich wäre das sicherlich.»

«Das Moor ist nach diesen Zigeunern durchsucht worden. Auch jeden Stall und jedes Nebengebäude in Tavistock und im Umkreis von zehn Meilen habe ich überprüfen lassen.»

«Es gibt noch einen weiteren Rennstall ganz in der Nähe, soviel ich weiß.»

«Ja, diesen Umstand dürfen wir keineswegs vernachlässigen. Da deren Pferd, Desborough, in den Wetten an zweiter Stelle liegt, war ein Verschwinden des Favoriten für sie von Vorteil. Von Silas Brown, dem Trainer, weiß man, daß er hohe Wetten auf dieses Rennen abgeschlossen hat und er war kein Freund des unglücklichen Straker. Wir haben jedenfalls die Stallungen überprüft, aber es gibt nichts, was ihn mit der Angelegenheit in Zusammenhang bringt.»

«Auch nichts, was diesen Simpson mit den Belangen des Mapleton Stalls verbindet?»

«Absolut nichts.»

Holmes lehnte sich im Wagen zurück und die Unterhaltung verebbte. Kurz darauf hielt unser Kutscher vor einem schmucken kleinen Ziegelhaus, das von Ulmen überragt war, die zur Straße hin standen. In einiger Entfernung auf der anderen Seite einer Pferdekoppel lag ein langgestrecktes Nebengebäude mit grauen Dachpfannen.

In alle anderen Richtungen erstreckten sich bis zum Horizont die vom welkenden Farn bronzegefärbten sanften Wölbungen des Moors, nur unterbrochen von den Kirchtürmen von Tavistock und einer Gebäudegruppe gegen Westen zu, welche die Stallungen von Capleton andeutete. Wir alle sprangen aus dem Wagen mit Ausnahme von Holmes, der weiter zurückgelehnt saß und in den Himmel starrte und ganz und gar in Gedanken war. Erst als ich ihn am Arm tippte, erhob er sich mit einem plötzlichen Ruck und stieg aus.

«Entschuldigen Sie», sagte er zu Colonel Ross gewandt, der ihn etwas befremdet angeblickt hatte. «Ich habe am hellichten Tag geträumt.» Ein Funkeln seiner Augen und die gebändigte Erregung in seinem Verhalten bewiesen mir, der ich an seine Art und Weise gewöhnt war, daß seine Hand auf einem

was upon a clue, though I could not imagine where he had found it.

"Perhaps you would prefer at once to go on to the scene of the crime, Mr. Holmes?" said Gregory.

"I think that I should prefer to stay here a little and go into one or two questions of detail. Straker was brought back here, I presume?"

"Yes, he lies upstairs. The inquest is to-morrow."

"He has been in your service some years, Colonel Ross?"

"I have always found him an excellent servant."

"I presume that you made in inventory of what he had in his pockets at the time of his death, Inspector?"

"I have the things themselves in the sitting-room if you would care to see them."

"I should be very glad."

We all filed into the front room and sat round the central table while the inspector unlocked a square tin box and laid a small heap of things before us. There was a box of vestas, two inches of tallow candle, an A D P brierroot pipe, a pouch of sealskin with half an ounce of long-cut Cavendish, a silver watch with a gold chain, five sovereigns in gold, an aluminium pencil-case, a few papers, and an ivory-handled knife with a very delicate, inflexible blade marked Weiss & Co., London.

"This is a very singular knife," said Holmes, lifting it up and examining it minutely. "I presume, as I see blood-stains upon it, that it is the one which was found in the dead man's grasp. Watson, this knife is surely in your line?"

"It is what we call a cataract knife," said I.

"I thought so. A very delicate blade devised for very delicate work. A strange thing for a man to carry with him upon a rough expedition, especially as it would not shut in his pocket."

Schlüssel lag; freilich konnte ich mir nicht vorstellen, wo er ihn gefunden hatte.

«Vielleicht wollen Sie sich lieber sofort an den Ort des Verbrechens begeben, Mr. Holmes?» fragte Gregory.

«Ich glaube, ich will lieber erst hier ein wenig bleiben und mich dieser oder jener Einzelfrage widmen. Straker wurde hierher zurückgebracht, nicht wahr?»

«Ja, er liegt oben. Morgen ist gerichtliche Untersuchung.»

«Er hat einige Jahre lang in Ihrem Dienst gestanden, Colonel Ross?»

«Ich hatte in ihm einen ausgezeichneten Untergebenen.»

«Vermutlich haben Sie ein Verzeichnis angefertigt von dem, was er zur Zeit seines Todes in den Taschen hatte, Inspektor?»

«Ich habe die Gegenstände selbst alle im Wohnzimmer, wenn Ihnen daran liegt, sie zu sehen.»

«Sehr gerne.»

Wir gingen alle der Reihe nach in den Hauptraum und setzten uns um den Eßtisch, während der Inspektor eine rechteckige Blechdose aufschloß und ein Häufchen Gegenstände vor uns hinlegte. Es waren eine Schachtel Streichhölzer, eine zwei Inch lange Talkkerze, eine A.D.P. Bruyère Pfeife, ein Beutel aus Seehundsfell mit einer halben Unze in Streifen geschnittenem Cavendish Tabak, eine silberne Uhr an einer Goldkette, fünf Sovereigns in Gold, eine Bleistiftschachtel aus Aluminium, ein paar Papiere sowie ein Messer mit Elfenbeingriff und einer sehr feinen, unbiegsamen Klinge der Marke ‹Weiss and Co., London›.

«Das ist ein sehr ungewöhnliches Messer», sagte Holmes und nahm es in die Hand und prüfte es sehr genau. «Da ich Blutspuren daran sehe, ist es wahrscheinlich dasjenige, welches man in der geschlossenen Hand des Toten gefunden hat. Watson, dieses Messer stammt sicherlich aus Ihrem Fachgebiet.»

«Es ist das, was wir ein Kataraktmesser nennen», sagte ich.

«Dachte ich es mir. Eine sehr feine Klinge, bestimmt für eine sehr feine Arbeit. Ein merkwürdiger Gegenstand für einen Mann bei einem turbulenten Unternehmen, vor allem weil er es in seiner Tasche nicht schließen konnte.»

"The tip was guarded by a disc of cork which we found beside his body," said the inspector. "His wife tells us that the knife had lain upon the dressing-table, and that he had picked it up as he left the room. It was a poor weapon, but perhaps the best that he could lay his hands on at the moment."

"Very possibly. How about these papers?"

"Three of them are receipted hay-dealers' accounts. One of them is a letter of instructions from Colonel Ross. This other is a milliner's account for thirty-seven pounds fifteen made out by Madame Lesurier, of Bond Street, to William Derbyshire. Mrs. Straker tells us that Derbyshire was a friend of her husband's, and that occasionally his letters were addressed here."

"Madame Derbyshire had somewhat expensive tastes," remarked Holmes, glancing down the account. "Twenty-two guineas is rather heavy for a single costume. However, there appears to be nothing more to learn, and we may now go down to the scene of the crime."

As we emerged from the sitting-room a woman, who had been waiting in the passage, took a step forward and laid her hand upon the inspector's sleeve. Her face was haggard and thin and eager, stamped with the print of a recent horror.

"Have you got them? Have you found them?" she panted.

"No, Mrs. Straker. But Mr. Holmes here has come from London to help us, and we shall do all that is possible."

"Surely I met you in Plymouth at a garden-party some little time ago, Mrs. Straker?" said Holmes.

"No, sir; you are mistaken."

"Dear me! Why, I could have sworn to it. You wore a costume of dove-coloured silk with ostrich-feather
34 trimming."

35 "I never had such a dress, sir," answered the lady.

«Die Spitze war durch ein Scheibchen Kork gesichert; wir fanden es neben seinem Leichnam», sagte der Inspektor. «Seine Frau berichtete, daß das Messer auf dem Ankleidetisch gelegen und daß er es mitgenommen habe, als er das Zimmer verließ. Eine ärmliche Waffe, aber möglicherweise die beste, die er im Augenblick in die Hand bekommen konnte.»

«Wohl möglich. Was ist mit diesen Papieren?»

«Drei davon sind quittierte Rechnungen von Heulieferanten. Eins ist ein Brief mit Anweisungen von Colonel Ross. Dies letzte ist die Rechnung einer Modistin über 37 Pfund 15, ausgestellt von Madame Lesurier auf der Bond Street an William Derbyshire. Mrs. Straker sagt uns, daß Derbyshire ein Freund ihres Mannes sei und daß gelegentlich seine Post hierher adressiert würde.»

«Madame Derbyshire hat einen recht kostspieligen Geschmack», bemerkte Holmes, als er die Rechnung überflog. «22 Guineas ist ziemlich happig für ein einziges Kostüm. Aber wie dem auch sei, hier gibt es wohl nichts mehr in Erfahrung zu bringen, und wir könnten jetzt zum Schauplatz des Verbrechens gehen.»

Als wir aus dem Wohnzimmer herauskamen, trat eine Frau, die auf dem Gang gewartet hatte, einen Schritt vor und legte ihre Hand auf den Ärmel des Inspektors. Ihr Gesicht war abgehärmt, schmal und gespannt. Es war gezeichnet vom frischen Eindruck eines schrecklichen Geschehens.

«Haben Sie die Mörder? Haben Sie sie gefunden?» keuchte sie.

«Nein, Mrs. Straker. Doch nun ist Mr. Holmes aus London gekommen, um uns zu unterstützen und wir werden alles nur Mögliche tun.»

«Habe ich Sie nicht vor einiger Zeit auf einem Gartenfest getroffen, Mrs. Straker?» sagte Holmes.

«Nein, Herr. Da müssen Sie sich irren.»

«Du meine Güte! Wie ist das möglich, ich hätte darauf schwören können. Sie trugen ein Kostüm aus taubenblauer Seide mit Straußenfedernbesatz.»

«Ich habe nie ein solches Kleid besessen, mein Herr», antwortete die Dame.

"Ah, that quite settles it," said Holmes. And with an apology he followed the inspector outside. A short walk across the moor took us to the hollow in which the body had been found. At the brink of it was the furze-bush upon which the coat had been hung.

"There was no wind that night, I understand," said Holmes.

"None, but very heavy rain."

"In that case the overcoat was not blown against the furze-bush, but placed there."

"Yes, it was laid across the bush."

"You fill me with interest. I perceive that the ground has been trampled up a good deal. No doubt many feet have been here since Monday night."

"A piece of matting has been laid here at the side, and we have all stood upon that."

"Excellent."

"In this bag I have one of the boots which Straker wore, one of Fitzroy Simpson's shoes, and a cast horseshoe of Silver Blaze."

"My dear Inspector, you surpass yourself!"

Holmes took the bag, and, descending into the hollow, he pushed the matting into a more central position. Then stretching himself upon his face and leaning his chin upon his hands, he made a careful study of the trampled mud in front of him. "Hullo" said he suddenly. "What's this?" It was a wax vesta, half burned, which was so coated with mud that it looked at first like a little chip of wood.

"I cannot think how I came to overlook it," said the inspector with an expression of annoyance.

"It was invisible, buried in the mud. I only saw it because I was looking for it."

"What! you expected to find it?"

"I thought it not unlikely."

He took the boots from the bag and compared
36 the impressions of each of them with marks upon
37 the ground. Then he clambered up to the rim of

«Oh, das klärt die Sache», sagte Holmes; er entschuldigte sich und folgte dem Inspektor nach draußen. Ein kurzer Gang über das Moor brachte uns zu der Mulde, in welcher man den Leichnam gefunden hatte. An ihrem Rand stand der Ginsterbusch, über den der Mantel gehangen hatte.

«Soviel ich weiß, hat in jener Nacht kein Wind geweht», sagte Holmes.

«Nein, keiner. Es hat aber heftig geregnet.»

«In diesem Fall wurde der Regenumhang nicht gegen den Ginsterbusch geweht, sondern darauf gelegt.»

«Ja, er wurde an den Busch gehängt.»

«Das ist ja aufschlußreich. Der Erdboden wurde, wie ich sehe, mächtig zertrampelt. Sicher sind seit Montag Nacht viele Füße darüber weggegangen.»

«Wir haben eine Matte hier an der Seite ausgerollt, darauf haben wir alle gestanden.»

«Hervorragend.»

«Hier in dem Beutel habe ich einen der Stiefel, die Straker trug, einen von Fitzroy Simpsons Schuhen und ein verlorenes Hufeisen von Silberstern.»

«Mein lieber Inspektor, Sie übertreffen sich selbst.»

Holmes nahm den Beutel, stieg in die Mulde hinab und schob die Matte mehr in die Mitte. Dann legte er sich der Länge nach auf den Bauch, stützte das Kinn auf die Hände und unterzog das zertrampelte Erdreich vor sich einer gründlichen Untersuchung. «Heda!» sagte er plötzlich, «was ist das?» Es war ein halbabgebranntes Wachsstreichholz, das so mit Schmutz überzogen war, daß es auf den ersten Blick wie ein winziger Holzsplitter aussah.

«Wie konnte ich das nur übersehen?» sagte der Inspektor mit verärgertem Ton.

«Es war nicht zu bemerken, so im Schmutz eingebuddelt. Ich habe es nur gesehen, weil ich es suchte.»

«Was! Sie haben damit gerechnet, es zu finden?»

«Ich hielt es nicht für unmöglich.»

Er zog die Schuhe aus dem Beutel und verglich die Unregelmäßigkeiten eines jeden mit den Abdrücken im Boden. Dann kam er auf allen Vieren zum Rand der Mulde

the hollow and crawled about among the ferns and bushes.

"I am afraid that there are no more tracks," said the inspector. "I have examined the ground very carefully for a hundred yards in each direction."

"Indeed!" said Holmes, rising. "I should not have the impertinence to do it again after what you say. But I should like to take a little walk over the moor before it grows dark that I may know my ground to-morrow, and I think that I shall put this horseshoe into my pocket for luck."

Colonel Ross, who had shown some signs of impatience at my companion's quiet and systematic method of work, glanced at his watch. "I wish you would come back with me, Inspector," said he. "There are several points on which I should like your advice, and especially as to whether we do not owe it to the public to remove our horse's name from the entries for the cup."

"Certainly not," cried Holmes with decision. "I should let the name stand."

The colonel bowed. "I am very glad to have had your opinion, sir," said he. "You will find us at poor Straker's house when you have finished your walk, and we can drive together into Tavistock."

He turned back with the inspector, while Holmes and I walked slowly across the moor. The sun was beginning to sink behind the stable of Mapleton, and the long, sloping plain in front of us was tinged with gold, deepening into rich, ruddy browns where the faded ferns and brambles caught the evening light. But the glories of the landscape were all wasted upon my companion, who was sunk in the deepest thought.

"It's this way, Watson," said he at last. "We may leave the question of who killed John Straker for the instant and confine ourselves to finding out what has
38 become of the horse. Now, supposing that he broke
39 away during or after the tragedy, where could he have

heraufgekrabbelt und kroch zwischen den Farnen und Büschen hin und her.

«Leider gibt es keine weiteren Spuren», sagte der Inspektor. «Ich habe den Erdboden sehr sorgfältig hundert Yards im Umkreis untersucht.»

«Ach wirklich!» sagte Holmes und richtete sich auf. «Ich will nicht so ungehörig sein, es ein weiteres Mal zu tun, nachdem Sie mir das gesagt haben. Ich würde aber gerne einen kurzen Gang über das Moor machen, bevor es dunkel wird, damit ich mein Revier morgen kenne; wie wäre es, wenn ich dieses Hufeisen als Glücksbringer in meine Tasche steckte?»

Colonel Ross, der Anzeichen von Ungeduld über die ruhige und systematische Arbeitsmethode meines Gefährten hatte spüren lassen, sah rasch auf seine Uhr. «Mir wäre es lieb, wenn Sie mit mir umkehrten, Inspektor», sagte er. «Es gibt da einige Punkte, zu denen ich Ihren Rat einholen möchte; besonders dazu, ob wir es nicht der Öffentlichkeit schuldig sind, den Namen unseres Pferdes von der Nennungsliste für den Pokal zu streichen.»

«Aber bloß nicht», rief Holmes mit Entschiedenheit. «Ich würde den Namen stehen lassen.»

Der Colonel verbeugte sich. «Ich bin sehr froh, Ihre Ansicht gehört zu haben», sagte er. «Sie treffen uns, wenn Sie Ihren Gang beendet haben, im Haus des unglücklichen Straker, und wir können dann zusammen nach Tavistock fahren.»

Er und der Inspektor begaben sich zurück, während Holmes und ich langsam über das Moor wanderten. Die Sonne sank allmählich hinter den Stall von Mapleton, und die breite gewellte Ebene vor uns war in leichtes Gold getaucht, das sich, wo die welken Farne und Brombeersträucher das Abendlicht einfingen, zu satten rötlichen Brauntönen vertiefte. Doch die Pracht der Landschaft war an meinen Gefährten, der tief in Gedanken versunken war, vollkommen verschwendet.

«So gehen wir jetzt vor, Watson», sagte er schließlich. «Wir können die Frage, wer John Straker tötete, vorerst außer Acht lassen und uns darauf beschränken herauszufinden, was aus dem Pferd geworden ist. Angenommen also, es brach während oder nach diesem schrecklichen Geschehen aus, wohin wird es

gone to? The horse is a very gregarious creature. If left to himself his instincts would have been either to return to King's Pyland or go over to Mapleton. Why should he run wild upon the moor? He would surely have been seen by now. And why should gypsies kidnap him? These people always clear out when they hear of trouble, for they do not wish to be pestered by the police. They could not hope to sell such a horse. They would run a great risk and gain nothing by taking him. Surely that is clear."

"Where is he, then?"

"I have already said that he must have gone to King's Pyland or to Mapleton. He is not a King's Pyland. Therefore he is at Mapleton. Let us take that as a working hypothesis and see what it leads us to. This part of the moor, as the inspector remarked, is very hard and dry. But it falls away towards Mapleton, and you can see from here that there is a long hollow over yonder, which must have been very wet on Monday night. If our supposition is correct, then the horse must have crossed that, and there is the point where we should look for his tracks."

We had been walking briskly during this conversation, and a few more minutes brought us to the hollow in question. At Holmes's request I walked down the bank to the right, and he to the left, but I had not taken fifty paces before I heard him give a shout and saw him waving his hand to me. The track of a horse was plainly outlined in the soft earth in front of him, and the shoe which he took from his pocket exactly fitted the impression.

"See the value of imagination," said Holmes. "It is the one quality which Gregory lacks. We imagined what might have happened, acted upon the supposition, and find ourselves justified. Let us proceed."

40 We crossed the marshy bottom and passed over
41 a quarter of a mile of dry, hard turf. Again the ground

sich gewendet haben? Das Pferd ist ein sehr geselliges Tier. Alleingelassen würde Silberstern sicher instinktiv nach King's Pyland umkehren oder nach Mapleton hinüberwechseln. Warum sollte es ziellos auf dem Moor herumlaufen? Es wäre doch sicher längst gesichtet worden. Und warum sollten Zigeuner es entführen? Diese Leute machen sich immer aus dem Staube, wenn Ungelegenheiten im Anzug sind, denn sie wollen nicht von der Polizei belästigt werden. Ein solches Pferd zu verkaufen, konnten sie nicht hoffen. Sie wären ein großes Risiko eingegangen und hätten nichts gewonnen bei dieser Entführung. Das ist doch sicher einleuchtend.»

«Aber wo ist es denn?»

«Ich habe schon gesagt, daß es sich entweder nach King's Pyland oder nach Mapleton begeben haben muß. Es ist nicht in King's Pyland, also ist es in Mapleton. Nehmen wir das als Arbeitshypothese und warten wir ab, wohin es uns führt. Dieser Teil des Moores, so sagte der Inspektor, ist sehr hart und trocken. Doch gegen Mapleton zu ist es abschüssig, und Sie können von hier aus sehen, daß dort drüben eine weite Mulde liegt, die Montag Nacht sicher sehr feucht gewesen ist. Wenn unsere Annahme zutrifft, dann muß das Pferd dort durchgekommen sein und das ist die Stelle, wo wir nach seinen Spuren suchen sollten.»

Während dieses Gesprächs waren wir zügig ausgeschritten, und nach wenigen weiteren Minuten gelangten wir an die fragliche Mulde. Auf Holmes' Bitte begab ich mich rechts den Abhang hinunter und er links, doch ich war noch keine fünfzig Schritte gegangen, als ich ihn rufen hörte und mich heranwinken sah. Die Spur eines Pferdes zeichnete sich deutlich vor seinen Füßen ab, und das Hufeisen, das er aus der Tasche zog, paßte genau in den Abdruck.

«Man sehe den Wert der Phantasie», sagte Holmes. «Sie ist die einzige Fähigkeit, die Gregory abgeht. Wir haben uns vorgestellt, was vielleicht geschehen sein könnte, haben nach dieser Vermutung gehandelt und haben uns bestätigt gesehen. Machen wir also weiter.»

Wir durchquerten den sumpfigen Grund und gingen eine viertel Meile lang über trockene, harte Grasnarbe. Wieder

sloped, and again we came on the tracks. Then we lost them for half a mile, but only to pick them up once more quite close to Mapleton. It was Holmes who saw them first, and he stood pointing with a look of triumph upon his face. A man's track was visible beside the horse's.

"The horse was alone before," I cried.

"Quite so. It was alone before. Hullo, what is this?"

The double track turned sharp off and took the direction of King's Pyland. Holmes whistled, and we both followed along after it. His eyes were on the trail, but I happened to look a little to one side and saw to my surprise the same tracks coming back again in the opposite direction.

"One for you, Watson," said Holmes when I pointed it out. "You have saved us a long walk, which would have brought us back on our own traces. Let us follow the return track."

We had not to go far. It ended at the paving of asphalt which led up to the gates of the Mapleton stables. As we approached, a groom ran out from them.

"We don't want any loiterers about here," said he.

"I only wished to ask a question," said Holmes, with his finger and thumb in his waistcoat pocket. "Should I be too early to see your master, Mr. Silas Brown, if I were to call at five o'clock to-morrow morning?"

"Bless you, sir, if anyone is about he will be, for he is always the first stirring. But here he is, sir, to answer your questions for himself. No, sir, no, it is as much as my place is worth to let him see me touch your money. Afterwards, if you like."

As Sherlock Holmes replaced the half-crown which he had drawn from his pocket, a fierce-looking elderly man strode out from the gate with a hunting-crop swinging in his hand.

wurde der Boden abschüssig und wieder trafen wir auf Spuren. Dann verloren wir sie während einer halben Meile, doch nur um wiederum, ganz nah bei Mapleton, auf sie zu stoßen. Holmes sah sie als erster und blieb stehen und deutete auf sie mit einem Ausdruck der Genugtuung im Gesicht. Neben der Spur des Pferdes war die eines Mannes auszumachen.

«Zuvor war das Pferd allein», rief ich.

«Ganz recht. Es war zuvor allein. Heda! was ist das?»

Die Doppelspur machte eine Kehrtwendung und nahm Richtung auf King's Pyland. Holmes tat einen Pfiff, und wir beide folgten ihr. Seine Augen waren auf die Fährte geheftet, doch ich schaute zufällig ein wenig zur Seite und sah zu meiner Überraschung dieselbe Spur in entgegengesetzter Richtung zurückkommen.

«Ein Punkt für Sie, Watson», sagte Holmes, als ich sie ihm zeigte. «Sie haben uns einen langen Weg erspart, der uns zurück auf unsere eigenen Fußspuren gebracht hätte. Folgen wir der umgekehrten Spur.»

Wir mußten nicht weit gehen. Sie endete an der Pflasterung, die zum Gatter der Mapleton Stallungen führte. Als wir herantraten, kam ein Reitknecht herausgerannt.

«Wir brauchen hier keine Herumtreiber», sagte er.

«Ich habe doch nur eine Frage», sagte Holmes und steckte Daumen und Zeigefinger in die Westentasche. «Käme ich zu früh, wenn ich bei Ihrem Dienstherrn, Mr. Silas Brown, morgen bei Tagesanbruch um fünf Uhr vorsprechen sollte?»

«Nein, Sir, Gott behüte! Wenn jemand anzutreffen ist, dann er, denn er ist immer als erster auf den Beinen. Doch hier kommt er, Sir, um Ihre Fragen selber zu beantworten. Nein, Sir, nein, das würde mich meine Stellung kosten, wenn er zu sehen bekäme, daß ich Geld von Ihnen anrühre. Später, wenn Sie wollen.»

Als Sherlock Holmes die Halbe Krone, die er aus seiner Westentasche gezogen hatte, zurücksteckte, schritt ein grimmig blickender älterer Mann, mit einer Reitpeitsche in der Hand, aus dem Gatter.

"What's this, Dawson!" he cried. "No gossiping! Go about your business! And you, what the devil do you want here?"

"Ten minutes' talk with you, my good sir," said Holmes in the sweetest of voices.

"I've no time to talk to every gadabout. We want no strangers here. Be off, or you may find a dog at your heels."

Holmes leaned forward and whispered something in the trainer's ear. He started violently and flushed to the temples.

"It's a lie!" he shouted. "An infernal lie!"

"Very good. Shall we argue about it here in public or talk it over in your parlour?"

"Oh, come in if you wish to."

Holmes smiled. "I shall not keep you more than a few minutes, Watson," said he, "Now, Mr. Brown, I am quite at your disposal."

It was twenty minutes, and the reds had all faded into grays before Holmes and the trainer reappeared. Never have I seen such a change as had been brought about in Silas Brown in that short time. His face was ashy pale, beads of perspiration shone upon his brow, and his hands shook until the hunting-crop wagged like a branch in the wind. His bullying, overbearing manner was all gone too, and he cringed along at my companion's side like a dog with its master.

"Your instructions will be done. It shall all be done," said he.

"There must be no mistake," said Holmes, looking round at him. The other winced as he read the menace in his eyes.

"Oh, no, there shall be no mistake. It shall be there. Should I change it first or not?"

Holmes thought a little and then burst out laughing. "No, don't," said he, "I shall write to you about it. No tricks, now, or –"

"Oh, you can trust me, you can trust me!"

«Was soll das, Dawson?» rief er. «Kein Geschwatze! Mach dich an deine Arbeit! Und Sie – was zum Teufel suchen Sie hier?»

«Ein Zehn-Minuten-Gespräch mit Ihnen, werter Herr», sagte Holmes mit honigsüßer Stimme.

«Ich habe keine Zeit, mit jedem Nichtstuer zu sprechen. Wir wollen hier keine Fremden. Machen Sie, daß Sie weiterkommen, oder Sie haben gleich einen Hund auf den Fersen.»

Holmes neigte sich vor und flüsterte dem Trainer etwas ins Ohr. Der fuhr zusammen und errötete bis an die Schläfen.

«Das ist eine Lüge!» brüllte er. «Eine infame Lüge!»

«Na schön! Wollen wir darüber in aller Öffentlichkeit disputieren oder es lieber in Ihrem Wohnzimmer bereden?»

«Oh, kommen Sie doch bitte rein.»

Holmes lächelte. «Sie werden nur wenige Minuten auf mich zu warten haben, Watson», sagte er. «Also Mr. Brown, ich stehe ganz zu Ihrer Verfügung.»

Es dauerte zwanzig Minuten und all die rötlichen Farben waren grau und blaß geworden, als Holmes und der Trainer wieder erschienen. Nie habe ich bei einem Menschen in so kurzer Zeit eine solche Veränderung gesehen, wie sie bei Silas Brown eingetreten war. Sein Gesicht war aschfahl, Schweißperlen glänzten auf seiner Stirn, und seine Hände zitterten so, daß die Peitsche in seiner Hand wie ein Zweig im Winde schwankte. Sein einschüchterndes, herrisches Auftreten war gänzlich verschwunden, und er ging unterwürfig an der Seite meines Gefährten wie ein Hund neben seinem Herrn.

«Ihre Anweisungen werden befolgt. Es wird geschehen», sagte er.

«Es darf kein Fehler unterlaufen», sagte Holmes und sah sich nochmals nach ihm um. Der andere fuhr zusammen, als er die Drohung in seinen Augen las.

«Oh, nein, ein Fehler wird nicht unterlaufen. Es wird dort sein. Soll ich es vorher noch verwandeln oder nicht?»

Holmes dachte ein wenig nach und lachte dann laut auf. «Nein, lassen Sie das», sagte er. «Ich werde Ihnen dazu noch schreiben. Jetzt keine Schliche, oder . . .»

«Oh, Sie können mir trauen, Sie können mir trauen.»

"Yes, I think I can. Well, you shall hear from me to-morrow." He turned upon his heel, disregarding the trembling hand which the other held out to him, and we set off for King's Pyland.

"A more perfect compound of the bully, coward, and sneak than Master Silas Brown I have seldom met with," remarked Holmes as we trudged along together.

"He has the horse, then?"

"He tried to bluster out of it, but I described to him so exactly what his actions had been upon that morning that he is convinced that I was watching him. Of course you observed the peculiarly square toes in the impressions, and that his own boots exactly corresponded to them. Again, of course no subordinate would have dared to do such a thing. I described to him how, when according to his custom he was the first down, he perceived a strange horse wandering over the moor. How he went out to it, and his astronishment at recognizing, from the white forehead which has given the favourite its name, that chance had put in his power the only horse which could beat the one upon which he had put his money. Then I described how his first impulse had been to lead him back to King's Pyland, and how the devil had shown him how he could hide the horse until the race was over, and how he had led it back and concealed it at Mapleton. When I told him every detail he gave it up and thought only of saving his own skin."

"But his stables had been searched?"

"Oh, an old horse-faker like him has many a dodge."

"But are you not afraid to leave the horse in his power now, since he has every interest in injuring it?"

"My dear fellow, he will guard it as the apple of his eye. He knows that his only hope of mercy is to produce it safe."

«Ja, ich glaube, das kann ich. Gut, Sie werden morgen von mir hören.» Er machte auf dem Absatz kehrt, übersah die zitternde Hand, die der andere ihm entgegenstreckte und wir machten uns auf den Weg nach King's Pyland.

«Eine vollständigere Mischung aus Tyrann, Feigling und Kriecher wie Meister Silas Brown ist mir noch selten begegnet», bemerkte Holmes, als wir nebeneinander hertrotteten.

«Dann hat er also das Pferd?»

«Er versuchte sich großmäulig herauszureden, doch ich beschrieb ihm so genau, was er an jenem Morgen getan hat, daß er der Überzeugung ist, ich habe ihn beobachtet. Sie haben ja sicher auch die eigentümlichen eckigen Kappen seiner Schuhabdrücke gesehen und daß die Stiefel, die er trug, dem ganz entsprachen. Zudem würde natürlich kein Untergebener gewagt haben, so etwas zu tun. Ich schilderte ihm, wie er, als er gewohnheitsgemäß als erster auf war, ein fremdes Pferd erblickte, das übers Moor streifte; wie er zu ihm hinausging; und seine Überraschung, als er an dem weißen Stirnfleck, von dem der Favorit seinen Namen hat, eindeutig erkannte, daß der Zufall das einzige Pferd, dem dasjenige unterliegen konnte, auf das er selber sein Geld gesetzt hatte, in seine Gewalt gebracht hatte. Dann beschrieb ich ihm, wie er es in einer ersten Regung zurück nach King's Pyland führen wollte und wie ihm der Teufel eingab, er könnte eigentlich das Pferd verbergen, bis das Rennen vorüber war – und wie er es dann zurückführte und in Mapleton versteckte. Als ich ihm jede Einzelheit vor Augen hielt, gab er auf und dachte nur daran, seine eigene Haut zu retten.»

«Aber seine Stallungen sind doch durchsucht worden.»

«Oh, so ein alter Roßtäuscher wie der kennt so manche Kniffe.»

«Und haben Sie denn keine Bedenken, das Pferd jetzt in seiner Gewalt zu lassen, wo es für ihn von Vorteil wäre, ihm zu schaden?»

«Mein lieber Freund, er wird es hüten wie seinen Augapfel. Er weiß, daß seine einzige Hoffnung auf Gnade darin besteht, es unversehrt zu übergeben.»

"Colonel Ross did not impress me as a man who would be likely to show much mercy in any case."

"The matter does not rest with Colonel Ross. I follow my own methods and tell as much or as little as I choose. That is the advantage of being unofficial. I don't know whether you observed it, Watson, but the colonel's manner has been just a trifle cavalier to me. I am inclined now to have a little amusement at his expense. Say nothing to him about the horse."

"Certainly not without your permission."

"And of course this is all quite a minor point compared to the question of who killed John Straker."

"And you will devote yourself to that?"

"On the contrary, we both go back to London by the night train."

I was thunderstruck by my friend's words. We had only been a few hours in Devonshire, and that he should give up an investigation which he had begun so brilliantly was quite incomprehensible to me. Not a word more could I draw from him until we were back at the trainer's house. The colonel and the inspector were awaiting us in the parlour.

"My friend and I return to town by the night-express," said Holmes. "We have had a charming little breath of your beautiful Dartmoor air."

The inspector opened his eyes, and the colonel's lip curled in a sneer.

"So you despair of arresting the murderer of poor Straker," said he.

Holmes shrugged his shoulders. "There are certainly grave difficulties in the way," said he. "I have every hope, however, that your horse will start upon Tuesday, and I beg that you will have your jockey in readiness. Might I ask for a photograph of Mr. John Straker?"

The inspector took one from an envelope and
48 handed it to him.

49 "My dear Gregory, you anticipate all my wants. If

«Colonel Ross hat auf mich nicht den Eindruck eines Mannes gemacht, der in irgendeiner Sache viel Gnade walten ließe.»

«Es ist gar nicht Sache von Colonel Ross. Ich verfahre nach meiner Art und berichte so viel oder so wenig, wie es mir beliebt. Das ist der Vorteil, wenn man nichtamtlich ist. Haben Sie nicht auch beobachtet, Watson, daß das Verhalten des Colonels mir gegenüber leicht überheblich war. Es verlangt mich jetzt, mir ein kleines Vergnügen auf seine Kosten zu leisten. Sagen Sie ihm nichts über das Pferd.»

«Sicherlich nicht ohne Ihr Einverständnis.»

«Und natürlich ist das ein völlig untergeordnetes Problem verglichen mit der Frage, wer John Straker tötete.»

«Und dieser Frage wollen Sie jetzt nachgehen?»

«Ganz im Gegenteil, wir beide fahren mit dem Nachtzug nach London zurück.»

Ich war durch die Worte meines Freundes wie vom Donner gerührt. Wir waren erst seit wenigen Stunden in Devonshire, und daß er eine Ermittlung abbrechen wollte, die er so glanzvoll begonnen hatte, war für mich völlig unfaßbar. Kein weiteres Wort konnte ich aus ihm herausbringen, bis wir zurück im Haus des Trainers waren. Der Colonel und der Inspektor erwarteten uns im Wohnzimmer.

«Mein Freund und ich kehren mit dem Nachtzug nach London zurück», sagte Holmes. «Wir hatten eine angenehme kleine Kostprobe von Ihrer wunderbaren Luft im Dartmoor.»

Der Inspektor riß die Augen auf und die Lippen des Colonels kräuselten sich zu einem Hohnlächeln.

«So geben Sie die Hoffnung auf, den Mörder des armen Straker dingfest zu machen», sagte er.

Holmes zuckte die Achseln. «Es stehen zweifellos noch erhebliche Schwierigkeiten im Wege», sagte er. «Ich hege jedoch alle Hoffnung, daß Ihr Pferd am Dienstag antreten wird, und ich bitte Sie, Ihren Jockey bereitzuhalten. Dürfte ich um eine Fotografie von Mr. John Straker bitten?»

Der Inspektor nahm eine aus einem Kuvert und übergab sie ihm.

«Mein lieber Gregory, Sie erahnen wohl meine Wünsche.

I might ask you to wait here for an instant, I have a question which I should like to put to the maid."

"I must say that I am rather disappointed in our London consultant," said Colonel Ross bluntly as my friend left the room. "I do not see that we are any further than when he came."

"At least you have his assurance that your horse will run," said I.

"Yes, I have his assurance," said the colonel with a shrug of his shoulders. "I should prefer to have the horse."

I was about to make some reply in defence of my friend when he entered the room again.

"Now, gentlemen," said he, "I am quite ready for Tavistock."

As we stepped into the carriage one of the stable-lads held the door open for us. A sudden idea seemed to occur to Holmes, for he leaned forward and touched the lad upon the sleeve.

"You have a few sheep in the paddock," he said. "Who attends to them?"

"I do, sir."

"Have you noticed anything amiss with them of late?"

"Well, sir, not of much account, but three of them have gone lame, sir."

I could see that Holmes was extremely pleased, for he chuckled and rubbed his hands together.

"A long shot, Watson, a very long shot," said he, pinching my arm. "Gregory, let me recommend to your attention this singular epidemic among the sheep. Drive on, coachman!"

Colonel Ross still wore an expression which showed the poor opinion which he had formed of my companion's ability, but I saw by the inspector's face that his attention had been keenly aroused.

50 "You consider that to be important?" he asked.

51 "Exceedingly so."

Ich möchte Sie bitten, einen Augenblick hier auf mich zu warten. Ich würde gerne dem Hausmädchen noch eine Frage stellen.»

«Ich gestehe, daß ich ziemlich enttäuscht von unserem londoner Ratgeber bin», sagte Colonel Ross barsch, als mein Freund das Zimmer verlassen hatte. «Ich sehe nicht, daß wir seid seiner Ankunft irgendwie vorangekommen sind.»

«Zumindest haben Sie seine Versicherung, daß Ihr Pferd am Rennen teilnehmen wird», sagte ich.

«Ja, seine Versicherung habe ich», sagte der Colonel mit einem Schulterheben. «Lieber wäre mir, ich hätte das Pferd.»

Ich wollte gerade eine Erwiderung zur Verteidigung meines Freundes geben, als er zurück ins Zimmer kam.

«Nun, meine Herren», sagte er, «ich bin fertig für die Fahrt nach Tavistock.»

Als wir in den Wagen stiegen, hielt einer der Stallburschen die Tür für uns auf. Ein plötzlicher Gedanke schien in Holmes aufzutauchen, denn er beugte sich vor und faßte den Jungen am Ärmel.

«Da sind ein paar Schafe auf der Koppel», sagte er. «Wer versorgt sie?»

«Ich, Sir.»

«Haben Sie in letzter Zeit bemerkt, daß bei ihnen etwas nicht stimmte?»

«Nun, Sir, nichts von großer Bedeutung. Nur, daß drei von ihnen neuerdings lahmen.»

Holmes war sichtlich hochzufrieden, denn er lachte in sich hinein und rieb sich die Hände.

«Ein Treffer, Watson, ein Volltreffer!» sagte er und drückte meinen Arm. «Gregory, diese einzigartige Epidemie unter den Schafen empfehle ich Ihrer Aufmerksamkeit. Fahr zu, Kutscher!»

Dem Colonel Ross war noch immer anzusehen, welche schlechte Meinung er sich von der Fähigkeit meines Gefährten gebildet hatte, doch am Gesicht des Inspektors sah ich, daß seine Aufmerksamkeit aufs Höchste geweckt war.

«Sie halten das für bedeutsam?» fragte er.

«Überaus.»

"Is there any point to which you would wish to draw my attention?"

"To the curious incident of the dog in the night-time."

"The dog did nothing in the night-time."

"That was the curious incident," remarked Sherlock Holmes.

Four days later Holmes and I were again in the train, bound for Winchester to see the race for the Wessex Cup. Colonel Ross met us by appointment outside the station, and we drove in his drag to the course beyond the town. His face was grave, and his manner was cold in the extreme.

"I have seen nothing of my horse," said he.

"I suppose that you would know him when you saw him?" asked Holmes.

The colonel was very angry. "I have been on the turf for twenty years and never was asked such a question as that before," said he. "A child would know Silver Blaze with his white forehead and his mottled off-foreleg."

"How is the betting?"

"Well, that is the curious part of it. You could have got fifteen to one yesterday, but the price has become shorter and shorter, until you can hardly get three to one now."

"Hum!" said Holmes. "Somebody knows something, that is clear."

As the drag drew up in the enclosure near the grandstand I glanced at the card to see the entries.

Wessex Plate [it ran] 50 sovs. each h ft with 1000 sovs. added, for four and five year olds. Second, £ 300. Third, £ 200. New course (one mile and five furlongs).

52 *1. Mr. Heath Newton's The Negro. Red cap. Cinna-*
53 *mon jacket.*

«Ist sonst noch etwas, worauf Sie meine Aufmerksamkeit lenken möchten?»

«Der merkwürdige Umstand mit dem Hund in der Nacht.»

«Der Hund hat doch in der Nacht gar nichts getan.»

«Das ist ja der merkwürdige Umstand», meinte Sherlock Holmes.

Vier Tage später saßen Holmes und ich wieder im Zug nach Winchester, um uns das Rennen um den Wessex Pokal anzusehen. Colonel Ross traf uns wie verabredet draußen vor dem Bahnhof, und wir fuhren in seiner vierspännigen Kutsche zum Rennplatz außerhalb der Stadt. Sein Gesicht war verschlossen und sein Verhalten äußerst abweisend.

«Ich habe nichts von meinem Pferd gesehen», sagte er.

«Ich nehme an, daß Sie es erkennen würden, wenn Sie es zu Gesicht bekämen?» fragte Holmes.

Der Colonel wurde sehr ärgerlich. «Ich bin seit zwanzig Jahren beim Pferderennsport, und noch nie wurde mir eine solche Frage gestellt», sagte er. «Jedes Kind würde Silberstern erkennen mit seiner weißen Stirn und seinem gefleckten Vorderlauf.»

«Wie stehen die Wetten?»

«Nun, das ist das Merkwürdige daran. Gestern konnte man fünfzehn zu eins bekommen, doch der Kurs ist immer weiter gesunken, so daß man jetzt kaum noch drei zu eins erhält.»

«Hm!» kam es von Holmes. «Irgendjemand weiß was, das ist klar!»

Als die Kutsche in die Einfriedung nahe der großen Tribüne rollte, blickte ich auf die Ankündigung, um die Startnennungen zu sehen:

Der Preis von Wessex. Nennungsgeld 50 Sovereigns, davon die Hälfte plus 1000 Sovereigns für den Sieger bei Vier- und Fünfjährigen. Zweiter 300 £. Dritter 200 £. Neue Bahn (Distanz: eine oder fünf Achtel Meilen.)

1. Mr. Heath Newtons The Negro (Kappe: rot, Jacke: zimtfarbig)

2. Colonel Wardlaw's Pugilist. Pink cap. Blue and black jacket.
3. Lord Backwater's Desborough. Yellow cap and sleeves.
4. Colonel Ross's Silver Blaze. Black cap. Red jacket.
5. Duke of Balmoral's Iris. Yellow and black stripes.
6. Lord Singleford's Rasper. Purple cap. Black sleeves.

"We scratched our other one and put all hopes on your word," said the colonel. "Why, what is that? Silver Blaze favourite?"

"Five to four against Silver Blaze!" roared the ring. "Five to four against Silver Blaze! Five to fifteen against Desborough! Five to four on the field!"

"There are the numbers up," I cried. "They are all six there."

"All six there? Then my horse is running," cried the colonel in great agitation. "But I don't see him. My colours have not passed."

"Only five have passed. This must be he."

As I spoke a powerful bay horse swept out from the weighing enclosure and cantered past us, bearing on its back the well-known black and red of the colonel.

"That's not my horse," cried the owner. "That beast has not a white hair upon its body. What is this that you have done, Mr. Holmes?"

"Well, well, let us see how he gets on," said my friend imperturbably. For a few minutes he gazed through my field-glass. "Capital! An excellent start!" he cried suddenly. "There they are, coming round the curve!"

From our drag we had a superb view as they came up the straight. The six horses were so close together that a carpet could have covered them, but halfway up the yellow of the Mapleton stable showed to the
54 front. Before they reached us, however, Desbor-
55 ough's bolt was shot, and the colonel's horse, coming

2. Colonel Wardlaws Pugilist (Kappe: rosa, Jacke: blau-schwarz gestreift
3. Lord Backwaters Desborough (Kappe: gelb, Ärmel: gelb)
4. Colonel Ross' Silberstern (Kappe: schwarz, Jacke: rot)
5. Duke of Balmorals Iris (gelb-schwarz gestreift)
6. Lord Singlefords Rasper (Kappe: purpurrot, Ärmel: schwarz)

«Wir haben unser anderes Pferd von der Starterliste streichen lassen und setzten alle unsere Hoffnungen auf Ihr Wort», sagte der Colonel. «Aber was bedeutet das? Silberstern ist Favorit?»

«Fünf zu vier gegen Silberstern!» brüllten die Buchmacher. «Fünf zu vier gegen Silberstern! Fünf zu fünfzehn gegen Desborough! Fünf zu vier auf dem Feld!»

«Die Startnummern sind hochgezogen», rief ich. «Sie sind alle sechs da.»

«Alle sechs! Dann ist mein Pferd im Rennen», rief der Colonel in großer Erregung. «Doch ich sehe es nicht. Meine Farben sind nicht vorbeigekommen.»

«Es waren erst fünf. Da, jetzt kommt er.»

Während meiner Worte sprengte ein kräftiger Brauner aus dem Sattelring, galoppierte auf und an uns vorbei und trug das wohlbekannte Schwarz-Rot des Colonel auf seinem Rücken.

«Das ist nicht mein Pferd», rief der Besitzer. «Dieses Tier hat nicht ein weißes Haar am Leib. Was soll das eigentlich alles bedeuten, Mr. Holmes?»

«Nun, warten wir ab, wie es sich macht», sagte mein Freund unerschütterlich. Ein paar Minuten lang sah er durch meinen Feldstecher. «Großartig! Ein ausgezeichneter Start!» rief er plötzlich. «Da sind sie schon, da kommen sie schon um den Bogen!»

Von unserer Kutsche aus hatten wir eine hervorragende Aussicht auf die Zielgerade. Die sechs Pferde lagen so dicht nebeneinander, daß man einen Teppich über sie hätte breiten können, doch auf halbem Weg setzte sich das Gelb des Mapleton-Stalles an die Spitze. Bevor sie allerdings auf unsere Höhe kamen, hatte Desborough sich verausgabt, und das Pferd

away with a rush, passed the post a good six lengths before its rival, the Duke of Balmoral's Iris making a bad third.

"It's my race, anyhow," gasped the colonel, passing his hand over his eyes. "I confess that I can make neither head nor tail of it. Don't you think that you have kept up your mystery long enough, Mr. Holmes?"

"Certainly, Colonel, you shall know everything. Let us all go round and have a look at the horse together. Here he is," he continued as we made our way into the weighing enclosure, where only owners and their friends find admittance. "You have only to wash his face and his leg in spirits of wine, and you will find that he is the same old Silver Blaze as ever."

"You take my breath away!"

"I found him in the hands of a faker and took the liberty of ranning him just as he was sent over."

"My dear sir, you have done wonders. The horse looks very fit and well. It never went better in its life. I owe you a thousand apologies for having doubted your ability.

You have done me a great service by recovering my horse. You would do me a greater still if you could lay your hands on the murderer of John Straker."

"I have done so," said Holmes quietly.

The colonel and I stared at him in amazement. "You have got him! Where is he, then?"

"He is here."

"Here! Where?"

"In my company at the present moment."

The colonel flushed angrily. "I quite recognize that I am under obligations to you, Mr. Holmes," said he, "but I must regard what you have just said as either
56 a very bad joke or an insult."
57 Sherlock Holmes laughed. "I assure you that

des Colonel, das sich im Eilsturm löste, ging gute sechs Längen vor seinem Rivalen durchs Ziel, und Iris, das Pferd des Duke of Balmoral, gab einen schlechten Dritten ab.

«Den ersten Durchgang habe ich auf jeden Fall gewonnen», keuchte der Colonel und fuhr sich mit der Hand über die Augen. «Ich gestehe, daß ich daraus nicht klug werde. Glauben Sie nicht auch, daß Sie Ihr Geheimnis lang genug für sich behalten haben, Mr. Holmes?»

«Aber sicher, Colonel. Sie sollen alles erfahren. Lassen Sie uns gemeinsam hinübergehen und das Pferd anschauen. Hier ist es ja», fuhr er fort, als wir uns unseren Weg in den Sattelring bahnten, in den nur Pferdebesitzer und ihre Freunde eingelassen werden. «Sie brauchen nur seinen Kopf und sein Bein mit Weingeist abzuwaschen und werden sehen: es ist derselbe alte Silberstern wie immer.»

«Es verschlägt mir den Atem.»

«Ich habe das Pferd in den Händen eines Roßtäuschers entdeckt und mir die Freiheit genommen, es so starten zu lassen, wie es hierher gebracht wurde.»

«Mein verehrter Herr, Sie haben Wunder vollbracht. Das Pferd ist in guter Form und gesund. In seinem ganzen Leben ist es nicht besser gelaufen. Ich muß Sie tausendmal um Entschuldigung bitten, daß ich an Ihren Fähigkeiten gezweifelt habe. Sie haben mir einen großen Dienst erwiesen, dadurch, daß Sie mein Pferd wieder zum Vorschein brachten. Sie würden mir einen noch größeren erweisen, wenn Sie den Mörder von John Straker dingfest machten.»

«Das habe ich bereits getan», sagte Holmes ruhig.

Der Colonel und ich starrten ihn erstaunt an. «Sie haben ihn? Wo ist er denn?»

«Er ist hier.»

«Hier! Wo?»

«Im Augenblick in meiner Gesellschaft.»

Der Colonel errötete vor Ärger. «Ich bin mir völlig darüber im Klaren, daß ich Ihnen verpflichtet bin, Mr. Holmes», sagte er, «doch Ihre Bemerkung soeben muß ich entweder als einen sehr schlechten Scherz oder als eine Beleidigung auffassen.»

Sherlock Holmes lachte. «Ich versichere Ihnen, daß ich Sie

I have not associated you with the crime, Colonel," said he. "The real murderer is standing immediately behind you." He stepped past and laid his hand upon the glossy neck of the thoroughbred.

"The horse!" cried both the colonel and myself.

"Yes, the horse. And it may lessen his guilt if I say that it was done in selfdefence, and that John Straker was a man who was entirely unworthy of your confidence. But there goes the bell, and as I stand to win a little on this next race, I shall defer a lengthy explanation until a more fitting time."

We had the corner of a Pullman car to ourselves that evening as we whirled back to London, and I fancy that the journey was a short one to Colonel Ross as well as to myself as we listened to our companion's narrative of the events which had occurred at the Dartmoor training-stables upon that Monday night, and the means by which he had unravelled them.

"I confess," said he, "that any theories which I had formed from the newspaper reports were entirely erroneous. And yet there were indications there, had they not been overlaid by other details which concealed their true import. I went to Devonshire with the conviction that Fitzroy Simpson was the true culprit, although, of course, I saw that the evidence against him was by no means complete. It was while I was in the carriage, just as we reached the trainer's house, that the immense significance of the curried mutton occurred to me. You may remember that I was distrait and remained sitting after you had all alighted. I was marvelling in my own mind how I could possibly have overlooked so obvious a clue."

"I confess," said the colonel, "that even now I cannot see how it helps us."

"It was the first link in my chain of reasoning.
58 Powdered opium is by no means tasteless. The
59 flavour is not disagreeable, but it is perceptible. Were

nicht mit dem Verbrechen in Zusammenhang gebracht habe, Colonel», sagte er. «Der wahre Mörder steht unmittelbar hinter Ihnen.» Er ging an ihm vorbei und legte seine Hand auf den glänzenden Hals des Vollbluts.

«Das Pferd!» riefen sowohl der Colonel als auch ich.

«Ja, das Pferd. Und es mag seine Schuld mildern, wenn ich Ihnen sage, daß seine Tat in Selbstverteidigung geschehen ist, und daß John Straker Ihres Vertrauens gänzlich unwürdig war. Doch ich höre die Glocke, und da ich vorhabe, beim nächsten Durchgang ein wenig zu gewinnen, möchte ich eine ausführliche Aufklärung auf eine passendere Zeit verschieben.»

Wir hatten an diesem Abend in dem Pullmanwagen, der uns rasch nach London zurücktrug, ein Abteil ganz für uns allein, und ich vermute, daß die Fahrt Colonel Ross ebenso kurz vorkam wie mir; denn wir lauschten dem Bericht unseres Gefährten über die Ereignisse, die sich in den Ställen im Dartmoor in jener Nacht vom Montag zugetragen hatten, und über die Mittel, mit denen er sie aufgedeckt hatte.

«Ich gebe zu», sagte Holmes, «daß alle die Theorien, die ich mir auf Grund der Zeitungsberichte gebildet hatte, völlig irrig waren. Dabei gab es schon Hinweise; sie waren nur leider durch andere Einzelheiten überlagert, die ihre wahre Bedeutung verschleierten. Ich kam nach Devonshire in der Überzeugung, daß Fitzroy Simpson tatsächlich der Schuldige sei, obwohl mir natürlich klar war, daß das Beweismaterial gegen ihn keineswegs ausreichte. In der Kutsche, als wir gerade das Haus des Trainers erreichten, wurde mir plötzlich die ungeheure Bedeutsamkeit des currygewürzten Hammelgerichts bewußt. Sie erinnern sich vielleicht, daß ich in Gedanken war und sitzenblieb, nachdem Sie alle schon ausgestiegen waren. Ich fragte mich verwundert, wie ich einen so offensichtlichen Anhaltspunkt überhaupt habe übersehen können.»

«Ich gestehe», sagte der Colonel, «daß ich auch jetzt nicht sehe, wie es uns weiterhilft.»

«Es war das erste Glied in meiner Kette von Folgerungen. Pulverisiertes Opium ist keineswegs geschmacklos. Das Aroma ist nicht unangenehm, doch es ist wahrnehmbar. In irgend eine

it mixed with any ordinary dish the eater would undoubtedly detect it and would probably eat no more. A curry was exactly the medium which would disguise this taste. By no possible supposition could this stranger, Fitzroy Simpson, have caused curry to be served in the trainer's family that night, and it is surely too monstrous a coincidence to suppose that he happened to come along with powdered opium upon the very night when a dish happened to be served which would disguise the flavour.

That is unthinkable. Therefore Simpson becomes eliminated from the case, and our attention centres upon Straker and his wife, the only two people who could have chosen curried mutton for supper that night. The opium was added after the dish was set aside for the stable-boy, for the others had the same for supper with no ill effects. Which of them, then, had access to that dish without the maid seeing them?

"Before deciding that question I had grasped the significance of the silence of the dog, for one true inference invariably suggests others. The Simpson incident had shown me that a dog was kept in the stables, and yet, though someone had been in and had fetched out a horse, he had not barked enough to arouse the two lads in the loft. Obviously the midnight visitor was someone whom the dog knew well.

"I was already convinced, or almost convinced, that John Straker went down to the stables in the dead of the night and took out Silver Blaze. For what purpose? For a dishonest one, obviously, or why should he drug his own stable-boy? And yet I was at a loss to know why. There have been cases before now where trainers have made sure of great sums of money by laying against their own horses through agents and then preventing them from winning by fraud. Sometimes it is a pulling jockey. Sometimes it

übliche Speise gemischt, würde der Esser es zweifellos bemerken und wahrscheinlich nichts mehr davon zu sich nehmen. Curry war genau das Mittel, das diesen Geschmack vertuschen würde. Es gibt nun keine Gegebenheit, derzufolge dieser Fremde, Fitzroy Simpson, bewirken konnte, daß in der Familie des Trainers an jenem Abend Curry aufgetischt wurde; und niemand kann ein derart aberwitziges Zusammentreffen annehmen, daß Simpson zufällig mit pulverisiertem Opium daherkam in jener Nacht, als zufällig ein Gericht serviert wurde, das den Geschmack überdecken würde. Das ist undenkbar. Deshalb können wir Simpson aus dem Fall weglassen; unsere Aufmerksamkeit konzentriert sich auf Straker und seine Frau, die einzigen beiden Personen, die für jenen Abend Hammelfleisch mit Curry als Mahlzeit angeordnet haben konnten. Das Opium wurde beigemischt, nachdem die Schüssel für den Stallburschen beiseite gestellt war, denn die anderen hatten das gleiche Abendessen und ohne üble Nachwirkung. Welcher von ihnen aber hatte Zugang zu jener Schüssel, ohne von dem Hausmädchen gesehen zu werden?

Bevor ich über diese Frage zu einem Schluß kam, begriff ich, wie vielsagend das Schweigen des Hundes war, denn eine echte Folgerung zieht beständig weitere nach sich. Der Vorfall mit Simpson hatte mir gezeigt, daß ein Hund in dem Stall gehalten wurde; aber, obwohl jemand drinnen war und ein Pferd herausholte, hatte er nicht so gebellt, daß die beiden Burschen auf dem Heuboden aufwachten. Offensichtlich war der mitternächtliche Besucher jemand gewesen, den der Hund gut kannte.

Schon war ich davon überzeugt oder fast überzeugt, daß John Straker mitten in der Nacht in den Stall gegangen war und Silberstern herausgeführt hatte. Aber zu welchem Anlaß? Zu einem unehrenhaften, offensichtlich, oder weshalb hätte er sonst seinen eigenen Stallburschen betäuben sollen? Und doch konnte ich mir nicht vorstellen, wozu. Es hat schon früher Fälle gegeben, daß Trainer sich eine große Summe Geldes sicherten, indem sie durch Agenten gegen ihre eigenen Pferde setzten und diese dann durch Tricks am Sieg hinderten. Manchmal ist es ein Jockey, der die Zügel zurückhält. Manchmal werden

is some surer and subtler means. What was it here? I hoped that the contents of his pockets might help me to form a conclusion.

"And they did so. You cannot have forgotten the singular knife which was found in the dead man's hand, a knife which certainly no sane man would choose for a weapon. It was, as Dr. Watson told us, a form of knife which is used for the most delicate operations known in surgery.

And it was to be used for a delicate operation that night. You must know, with your wide experience of turf matters, Colonel Ross, that it is possible to make a slight nick upon the tendons of a horse's ham, and to do it subcutaneously, so as to leave absolutely no trace. A horse so treated would develop a slight lameness, which would be put down to a strain in exercise or a touch of rheumatism, but never to foul play."

"Villain! Scoundrel!" cried the colonel.

"We have here the explanation of why John Straker wished to take the horse out on to the moor. So spirited a creature would have certainly roused the soundest of sleepers when it felt the prick of the knife. It was absolutely necessary to do it in the open air."

"I have been blind!" cried the colonel. "Of course that was why he needed the candle and struck the match."

"Undoubtedly. But in examining his belongings I was fortunate enough to discover not only the method of the crime but even its motives. As a man of the world, Colonel, you know that men do not carry other people's bills about in their pockets. We have most of us quite enough to do to settle our own. I at once concluded that Straker was leading a double life and keeping a second establishment. The nature of the bill showed that there was a lady in the case, and
62 one who had expensive tastes. Liberal as you are with
63 your servants, one can hardly expect that they can

zuverlässigere und gewitztere Mittel angewandt. Was war es hier? Ich hoffte, daß der Inhalt seiner Taschen mir zu einer Schlußfolgerung behilflich sein würde.

Und das war er auch. Sie haben sicher das eigenartige Messer nicht vergessen, das man in der Hand des Toten fand, ein Messer, das sicherlich kein vernünftiger Mensch als Waffe wählen würde. Es war, wie Dr. Watson uns sagen konnte, ein Typ Messer, das bei den heikelsten Operationen, die man in der Chirurgie kennt, Verwendung findet. Und für eine heikle Operation sollte es auch in jener Nacht verwandt werden. Bei Ihrer langjährigen Erfahrung im Pferdesport, Colonel Ross, wissen Sie sicher, daß es möglich ist, einen leichten Einschnitt an der Sehne der Hinterhand eines Pferdes anzubringen, und zwar subkutan, so daß tatsächlich keine Spur hinterbleibt. Ein derart behandeltes Pferd würde ein leichtes Lahmen bekommen, was man auf eine Überanstrengung beim Training schieben könnte oder auf einen Anfall von Rheumatismus, doch niemals auf eine faule Sache.»

«Der Schurke! Der Lump!» rief der Colonel.

«Jetzt haben wir also die Erklärung dafür, warum John Straker das Pferd hinaus aufs Moor führen wollte: Ein so feuriges Tier würde sicher den tiefsten Schläfer geweckt haben, wenn es den Stich des Messers spürte. Es war unbedingt erforderlich, die Sache im Freien zu erledigen.»

«Ich bin blind gewesen!» rief der Colonel. «Natürlich, deshalb brauchte er auch die Kerze und zündete das Streichholz an.»

«Zweifellos. Doch bei der Durchsicht seiner Habseligkeiten hatte ich nicht nur das Glück, den Hergang des Verbrechens zu entdecken, sondern auch seine Motive. Als ein Mann von Welt, Colonel, wissen Sie, daß man nicht anderer Leute Rechnungen mit sich in der Tasche trägt. Die meisten von uns haben genug damit zu tun, ihre eigenen zu begleichen. Ich schloß sofort, daß Straker ein Doppelleben führte und einen zweiten Wohnsitz unterhielt. Die Art der Rechnung erwies, daß eine Dame dazugehörte, und zwar eine mit einem teuren Geschmack. So großzügig Sie Ihren Angestellten gegenüber auch sind, man kann doch wohl kaum erwarten, daß diese es sich leisten

buy twenty-guinea walking dresses for their ladies. I questioned Mrs. Straker as to the dress without her knowing it, and, having satisfied myself that it had never reached her, I made a note of the milliner's address and felt that by calling there with Straker's photograph I could easily dispose of the mythical Derbyshire.

"From that time on all was plain. Straker had led out the horse to a hollow where his light would be invisible. Simpson in his flight had dropped his cravat, and Straker had picked it up – with some idea, perhaps, that he might use it in securing the horse's leg. Once in the hollow, he had got behind the horse and had struck a light; but the creature, frightened at the sudden glare, and with the strange instinct of animals feeling that some mischief was intended, had lashed out, and the steel shoe had struck Straker full on the forehead. He had already, in spite of the rain, taken off his overcoat in order to do his delicate task, and so, as he fell, his knife gashed his thigh. Do I make it clear?"

"Wonderful!" cried the colonel. "Wonderful! You might have been there!"

"My final shot was, I confess, a very long one. It struck me that so astute a man as Straker would not undertake this delicate tendon-nicking without a little practise. What could he practise on? My eyes fell upon the sheep, and I asked a question which, rather to my surprise, showed that my surmise was correct.

"When I returned to London I called upon the milliner, who had recognized Straker as an excellent customer of the name of Derbyshire, who had a very dashing wife, with a strong partiality for expensive dresses. I have no doubt that this woman had plunged him over head and ears in debt, and so led him into this miserable plot."

"You have explained all but one thing," cried the colonel. "Where was the horse?"

können, Gesellschaftskleider für zwanzig Guineas für ihre Frauen zu kaufen. Ich befragte Mrs. Straker wegen des Kleides, ohne daß sie Verdacht schöpfte, und nachdem ich sicher gehen konnte, daß nicht sie es bekommen hatte, notierte ich mir die Adresse der Modistin; und als ich dort mit Strakers Fotografie vorsprach, war mir klar, daß ich den ominösen Derbyshire vergessen konnte.

Von diesem Augenblick an war alles einfach. Straker hatte das Pferd herausgeführt zu einer Mulde, von wo aus sein Licht nicht gesehen werden konnte. Simpson hatte beim Davonlaufen seine Krawatte verloren, und Straker hatte sie aufgehoben, möglicherweise in der vagen Vorstellung, damit irgendwie den Lauf des Pferdes festzubinden. In der Mulde war er dann hinter das Pferd getreten und hatte ein Streichholz angezündet, doch das Tier schreckte bei dem plötzlichen Schein und spürte mit dem außergewöhnlichen Instinkt der Tiere, daß etwas Böses bevorstand. Es schlug aus, und der Huf traf Straker voll an der Stirn. Der hatte trotz dem Regen seinen Umhang wegen seines heiklen Vorhabens abgelegt, und so ritzte das Messer, als er stürzte, seinen Oberschenkel. Habe ich es deutlich genug gemacht?»

«Wunderbar!» rief der Colonel. «Wunderbar! Als wären Sie dabei gewesen.»

«Meine letzte Vermutung war, so muß ich gestehen, sehr gewagt. Ich hatte die Vorstellung, daß ein so durchtriebener Mann wie Straker diesen heiklen Eingriff an der Sehne nicht ohne ein wenig Übung vornehmen würde. Woran hätte er üben können? Mein Blick fiel auf die Schafe, und ich stellte eine Frage, die zu meinem eigenen Erstaunen ergab, daß mein Verdacht berechtigt war.

Als ich nach London zurückgekehrt war, sprach ich bei der Modistin vor, die Straker als einen ausgezeichneten Kunden namens Derbyshire erkannte, der eine sehr elegante Frau habe mit einer heftigen Vorliebe für teure Kleider. Ohne Zweifel steckte er wegen dieser Frau bis zum Hals in Schulden und wurde so zu diesem erbärmlichen Anschlag getrieben.»

«Sie haben alles erklärt – bis auf einen Punkt!» rief der Oberst. «Wo war das Pferd?»

"Ah, it bolted, and was cared for by one of your neighbours. We must have an amnesty in that direction, I think. This is Clapham Junction, if I am not mistaken, and we shall be in Victoria in less than ten minutes. If you care to smoke a cigar in our rooms, Colonel, I shall be happy to give you any other details which might interest you."

«Ach, es ging durch und wurde von einem Ihrer Nachbarn versorgt. In dieser Richtung sollten wir Gnade üben. – Dies ist jetzt wohl Clapham Junction, und in weniger als zehn Minuten kommen wir in Victoria an. Wenn Sie Lust haben, in unserer Behausung eine Zigarre zu rauchen, so werde ich mich glücklich schätzen, Ihnen jede weitere Einzelheit zu berichten, die Sie wissen möchten.»

An anomaly which often struck me in the character of my friend Sherlock Holmes was that, although in his methods of thought he was the neatest and most methodical of mankind, and although also he affected a certain quiet primness of dress, he was none the less in his personal habits one of the most untidy men that ever drove a fellow-lodger to distraction. Not that I am in the least conventional in that respect myself. The rough-and-tumble work in Afghanistan, coming on the top of natural Bohemianism of disposition, has made me rather more lax than befits a medical man. But with me there is a limit, and when I find a man who keeps his cigars in the coal-scuttle, his tobacco in the toe end of a Persian slipper, and his unanswered correspondence transfixed by a jack-knife into the very centre of his wooden mantelpiece, then I begin to give myself virtuous airs.

I have always held, too, that pistol practice should be distinctly an open-air pastime; and when Holmes, in one of his queer humours, would sit in an armchair with his hair-trigger and a hundred Boxer cartridges and proceed to adorn the opposite wall with a patriotic V. R. done in bullet-pocks, I felt strongly that neither the atmosphere nor the appearance of our room was improved by it.

Our chambers were always full of chemicals and of criminal relics which had a way of wandering into unlikely positions, and of turning up in the butter-dish or in even less desirable places. But his papers were my great crux. He had a horror of destroying documents, especially those which were connected with his past cases, and yet it was only
68 once in every year or two that he would muster ener-
69 gy to docket and arrange them; for, as I have men-

DAS RITUAL DER MUSGRAVE

Eine Ungereimtheit, die mir häufig im Wesen meines Freundes Sherlock Holmes auffiel, war dies: Obwohl er in seinen Denkprozessen der klarste und konsequenteste aller Menschen war und obwohl er auch eine Neigung zu einer gewissen zurückhaltenden Förmlichkeit der Kleidung hatte, so war er nichts desto weniger in seinen persönlichen Gewohnheiten einer der unordentlichsten Menschen, die je ihre Mitbewohner zur Verzweiflung brachten. Nicht daß ich selber in dieser Hinsicht im geringsten förmlich bin. Die draufgängerische Tätigkeit in Afghanistan, die noch dazu auf eine natürliche Anlage zur Boheme traf, hat mich weit nachlässiger gemacht, als es für einen Mediziner gut ist. Doch alles hat seine Grenzen und wenn ich jemandem begegne, der seine Zigarren im Kohleneimer aufbewahrt und seinen Tabak in der Fußspitze eines persischen Pantoffels und der seine unbeantwortete Korrespondenz mit einem Taschenmesser genau in der Mitte der hölzernen Kamineinfassung aufspießt, dann fange ich an, mir tugendhaftes Gebaren zuzulegen. Außerdem war ich auch immer der Meinung, daß Pistolenschießen durchaus eine Kurzweil im Freien sein sollte, und als Holmes in einer seiner absonderlichen Stimmungen sich anschickte, von seinem Sessel aus mit seiner hochempfindlichen Waffe und rund hundert Boxer-Patronen die gegenüberliegende Wand mit einem patriotischen V. R. aus Kugeleinschlägen zu schmücken, da hatte ich die deutliche Empfindung, daß dies weder der Luft noch dem Aussehen unseres Zimmers förderlich sei.

In unseren Räumen lagen immer überall chemische Präparate und Überbleibsel aus Kriminalfällen herum, die sich typischerweise in die unmöglichsten Winkel begaben und etwa in der Butterdose auftauchten oder an noch weniger wünschenswerten Orten. Aber seine Papiere waren für mich das Ärgste. Er brachte es einfach nicht fertig, Schriftstücke zu vernichten, insbesondere solche, die mit seinen früheren Fällen zusammenhingen, aber es geschah nur alle ein oder zwei Jahre, daß er die Tatkraft aufbrachte, sie dokumentarisch zu ordnen;

tioned somewhere in these incoherent memoirs, the outbursts of passionate energy when he performed the remarkable feats with which his name is associated were followed by reactions of lethargy during which he would lie about with his violin and his books, hardly moving save from the sofa to the table. Thus month after month his papers accumulated until every corner of the room was stacked with bundles of manuscript which were on no account to be burned, and which could not be put away save by their owner.

One winter's night, as we sat together by the fire, I ventured to suggest to him that, as he had finished pasting extracts into his commonplace book, he might employ the next two hours in making our room a little more habitable.

He could not deny the justice of my request, so with a rather rueful face he went off to his bedroom, from which he returned presently pulling a large tin box behind him. This he placed in the middle of the floor, and, squatting down upon a stool in front of it, he threw back the lid. I could see that it was already a third full of bundles of paper tied up with red tape into separate packages.

"There are cases enough here, Watson," said he, looking at me with mischievous eyes. "I think that if you knew all that I had in this box you would ask me to pull some out instead of putting others in."

"These are the records of your early work, then?" I asked. "I have often wished that I had notes of those cases."

"Yes, my boy, these were all done prematurely before my biographer had come to glorify me." He lifted bundle after bundle in a tender, caressing sort of way. "They are not all successes, Watson," said he. "But there are some pretty little problems among
70 them. Here's the record of the Tarleton murders, and
71 the case of Vamberry, the wine merchant, and the

denn wie ich schon an irgend einer Stelle in diesen unzusammenhängenden Aufzeichnungen erwähnt habe, folgten den Ausbrüchen leidenschaftlicher Spannkraft, in denen er die ungewöhnlichsten Glanzstücke vollbrachte, die sich mit seinem Namen verknüpfen, ein gegenteiliges Verhalten der Teilnahmslosigkeit, in dem er sich mit seiner Violine und seinen Büchern abgab und kaum bewegte, außer vom Sofa zum Tisch. So häuften sich seine Papiere von Monat zu Monat, bis jede Zimmerecke mit Bündeln von Schriftstücken vollgestopft war, die auf gar keinen Fall verbrannt und die auch nicht weggeräumt werden durften, außer durch ihren Besitzer.

An einem Winterabend, als wir zusammen vorm Feuer saßen und er eben damit fertig war, Ausschnitte in sein Notizbuch zu kleben, wagte ich, ihm vorzuschlagen, ob er nicht die nächsten beiden Stunden darauf verwenden sollte, unser Zimmer ein bißchen bewohnbarer zu machen. Die Berechtigung meines Ansinnens konnte er nicht leugnen, und so begab er sich mit einem fast reumütigen Gesicht in sein Schlafzimmer, von wo er alsbald zurückkehrte, eine große Blechkiste hinter sich herziehend. Die setzte er mitten im Zimmer ab, und dann ließ er sich vor ihr auf einem Hocker nieder und klappte den Deckel auf. Ich sah sie schon zu einem Drittel mit Papier vollgestapelt, das mit rotem Band zu einzelnen Bündeln verschnürt war.

«Hier sind genügend Fälle, Watson», sagte er und sah mich schalkhaft an. «Ich glaube: wenn Sie wüßten, was ich alles hier in der Kiste habe, würden Sie mich bitten, einiges herauszuziehen statt anderes hineinzulegen.»

«Dies sind also die Zeugnisse Ihres frühen Schaffens?» fragte ich. «Schon oft habe ich mir gewünscht, Notizen über jene Fälle zu erhalten.»

«Ja, alter Junge. Diese hier haben sich vorzeiten abgespielt, noch bevor mein Biograph gekommen war, um mich zu verherrlichen.» Auf eine zarte, liebkosende Weise hob er ein Bündel nach dem anderen hoch. «Es sind nicht lauter Erfolge, Watson», sagte er, «doch einige hübsche Problemfälle sind dabei. Hier sind die Aufzeichnungen über die Tarleton-Morde, hier ist der Fall von Vamberry, dem Weinhändler, hier das

adventure of the old Russian woman, and the singular affair of the aluminum crutch, as well as a full account of Ricoletti of the club-foot, and his abominable wife. And here – ah, now, this really is something a little *recherché*."

He dived his arm down to the bottom of the chest and brought up a small wooden box with a sliding lid such as children's toys are kept in. From within he produced a crumpled piece of paper, an old-fashioned brass key, a peg of wood with a ball of string attached to it, and three rusty old discs of metal.

"Well, my boy, what do you make of this lot?" he asked, smiling at my expression.

"It is a curious collection."

"Very curious, and the story that hangs round it will strike you as being more curious still."

"These relics have a history, then?"

"So much so that they *are* history."

"What do you mean by that?"

Sherlock Holmes picked them up one by one and laid them along the edge of the table. Then he reseated himself in his chair and looked them over with a gleam of satisfaction in his eyes.

"These," said he, "are all that I have left to remind me of the adventure of the Musgrave Ritual."

I had heard him mention the case more than once, though I had never been able to gather the details.

"I should be so glad," said I, "if you would give me an account of it."

"And leave the litter as it is?" he cried mischievously. "Your tidiness won't bear much strain, after all, Watson. But I should be glad that you should add this case to your annals, for there are points in it which make it quite unique in the criminal records of this or, I believe, of any other country. A collection of my trifling achievements would certainly be incom-
72 plete which contained no account of this very singular
73 business.

Wagestück der alten russischen Frau, hier der einzigartige Vorfall mit der Aluminiumkrücke, und hier ist ein vollständiger Bericht über Ricoletti, den Klumpfuß, und seine widerwärtige Frau. Und hier – ah ja ! das ist wirklich ein bißchen was zum Tüfteln.»

Er fuhr mit seinem Arm tief in die Kiste und brachte eine kleine hölzerne Dose mit einem Schiebedeckel zum Vorschein, so eine zur Verwahrung von Kinderspielzeug. Daraus nahm er ein zerknittertes Stück Papier, einen altmodischen Messingschlüssel, ein Stöckchen, um das ein Schnurknäuel gewickelt war und drei rostige alte Metallscheibchen.

«Nun, alter Junge, was halten Sie von dieser Zusammenstellung ?» fragte er und lächelte über meinen Gesichtsausdruck.

«Eine merkwürdige Sammlung !»

«Sehr merkwürdig, und die Geschichte, die ihr anhaftet, wird Ihnen noch merkwürdiger vorkommen.»

«Dieses Sammelsurium hat also eine Geschichte ?»

«So sehr, daß es Geschichte verkörpert.»

«Was meinen Sie damit ?»

Sherlock Holmes nahm einen Gegenstand nach dem anderen und legte sie der Reihe nach auf die Tischkante. Dann setzte er sich wieder in seinen Sessel und musterte sie mit einem zufriedenen Glanz in den Augen.

«Dies hier», sagte er, «ist alles, was ich behalten habe, zur Erinnerung an das Abenteuer um das Ritual der Musgrave.»

Ich hatte ihn schon mehr als einmal diesen Fall erwähnen hören, aber es war mir nie gelungen, Einzelheiten zu erfahren.

«Ich würde mich sehr freuen», sagte ich, «wenn Sie mir darüber berichteten.»

«Und die Unordnung lassen wie sie ist ?» rief er schelmisch. «Ihr Sinn für Ordnung will doch nicht länger strapaziert sein, Watson. Andererseits würde es mich freuen, sollten Sie diesen Fall Ihrer Chronik beifügen, denn es kommen Einzelheiten darin vor, die ihn einzig machen in der Kriminalgeschichte dieses oder – wie ich glaube – jedes anderen Landes. Eine Sammlung meiner belanglosen Heldentaten wäre sicherlich unvollständig ohne einen Bericht über diese höchst außergewöhnliche Angelegenheit.

"You may remember how the affair of the *Gloria Scott*, and my conversation with the unhappy man whose fate I told you of, first turned my attention in the direction of the profession which has become my life's work. You see me now when my name has become known far and wide, and when I am generally recognized both by the public and by the official force as being a final court of appeal in doubtful cases. Even when you knew me first, at the time of the affair which you have commemorated in 'A Study in Scarlet,' I had already established a considerable, though not a very lucrative, connection. You can hardly realize, then, how difficult I found it at first, and how long I had to wait before I succeeded in making any headway.

"When I first campe up to London I had rooms in Montague Street, just round the corner from the British Museum, and there I waited, filling in my too abundant leisure time by studying all those branches of science which might make me more efficient. Now and again cases came in my way, principally through the introduction of old fellow-students, for during my last years at the university there was a good deal of talk there about myself and my methods. The third of these cases was that of the Musgrave Ritual, and it is to the interest which was aroused by that singular chain of events, and the large issues which proved to be at stake, that I trace my first stride towards the position which I now hold.

"Reginald Musgrave had been in the same college as myself, and I had some slight acquaintance with him. He was not generally popular among the undergraduates, though it always seemed to me that what was set down as pride was really an attempt to cover extreme natural diffidence. In appearance he was a man of an exceedingly aristocratic type, thin,
74 high-nosed, and large-eyed, with languid and yet
75 courtly manners. He was indeed a scion of one of the

Sie erinnern sich vielleicht, wie die Geschichte um die ‹Gloria Scott› und mein Gespräch mit dem unglücklichen Mann, dessen Schicksal ich Ihnen erzählte, als erstes meine Aufmerksamkeit in die Richtung auf den Beruf gelenkt hat, der mein Lebensinhalt wurde. Sie sehen mich heute als einen Mann, dessen Name weit und breit bekannt ist und der in der Regel sowohl von der Öffentlichkeit als auch von der Amtsgewalt als letzte Instanz in zweifelhaften Fällen angesehen wird. Sogar als Sie mich kennenlernten, zur Zeit des Ereignisses, das Sie in der ‹Studie in Scharlach› in Erinnerung bringen, hatte ich mir schon eine beachtliche, wenn auch nicht sehr einträgliche Klientel geschaffen. Sie können sich deshalb kaum vorstellen, wie schwer es mir am Anfang fiel und wie lange ich abzuwarten hatte, bis ich endlich ein Vorankommen spürte.

Als ich in London begann, hatte ich eine Wohnung in der Montague Street, beim Britischen Museum gleich um die Ecke, und dort wartete ich und füllte meine allzu reichliche Mußezeit damit aus, daß ich alle jene Zweige der Wissenschaft studierte, die mich möglicherweise leistungsfähiger machten. Hin und wieder kamen mir Fälle über den Weg, meistens durch die Empfehlung ehemaliger Mit-Studenten, denn während meiner letzten Jahre auf der Universität wurde schon viel über mich und meine Arbeitsweise gesprochen. Der dritte von diesen Fällen war der um das Ritual der Familie Musgrave; auf die öffentliche Aufmerksamkeit, die durch die einzigartige Kette von Ereignissen erwuchs (und durch die bedeutenden Werte, die auf dem Spiel standen), führe ich es zurück, daß ich damals den ersten Schritt zu meiner heutigen Stellung hin tun konnte.

Reginald Musgrave war auf demselben College wie ich gewesen, und wir kannten uns flüchtig. Er war im allgemeinen nicht besonders beliebt bei den Studenten – nur mir kam es immer so vor, als ob das, was als Stolz ausgelegt wurde, in Wirklichkeit ein Versuch war, übermäßige angeborene Schüchternheit zu verdecken. In seiner Erscheinung war er ein Mann von äußerstem aristokratischem Schlag, schlank, hakennasig und großäugig mit trägen und doch vornehmen Manieren. Er war auch wirklich der Sproß einer der allerältesten

very oldest families in the kingdom, though his branch was a cadet one which had separated from the northern Musgraves some time in the sixteenth century and had established itself in western Sussex, where the Manor House of Hurlstone is perhaps the oldest inhabited building in the county. Something of his birth-place seemed to cling to the man, and I never looked at his pale, keen face or the poise of his head without associating him with gray archways and mullioned windows and all the venerable wreckage of a feudal keep. Once or twice we drifted into talk, and I can remember that more than once he expressed a keen interest in my methods of observation and inference.

"For four years I had seen nothing of him until one morning he walked into my room in Montague Street. He had changed little, was dressed like a young man of fashion – he was always a bit of a dandy – and preserved the same quiet, suave manner which had formerly distinguished him.

"‹How has all gone with you, Musgrave?› I asked after we had cordially shaken hands.

"‹You probably heard of my poor father's death,› said he; ‹he was carried off about two years ago. Since then I have of course had the Hurlstone estate to manage, and as I am member for my district as well, my life has been a busy one. But I understand, Holmes, that you are turning to practical ends those powers with which you used to amaze us?›

"‹Yes,› said I, ‹I have taken to living by my wits.›

"‹I am delighted to hear it, for your advice at present would be exceedingly valuable to me. We have had some very strange doings at Hurlstone, and the police have been able to throw no light upon the matter. It is really the most extraordinary and inexplicable business.›

"You can imagine with what eagerness I listened to him, Watson, for the very chance for which I had been

Familien im Königreich, obwohl ihre Linie ein jüngerer Ableger war, der sich von den Musgraves im Norden irgendwann im sechzehnten Jahrhundert abgespalten und im westlichen Sussex niedergelassen hatte, wo das Herrenhaus von Hurlstone vielleicht das älteste bewohnte Gebäude in der Grafschaft ist. Etwas von seiner Geburtsstätte schien an dem Mann zu haften: niemals konnte ich sein blasses, scharfgeschnittenes Gesicht oder seine Kopfhaltung ansehen, ohne zugleich an graue Gewölbegänge und Fenster mit kleinen Säulen und all die ehrfurchtgebietenden Überreste eines Adelssitzes zu denken. Hin und wieder kamen wir ins Gespräch, und ich kann mich erinnern, daß er mehr als einmal ziemliche Neugier an meiner Art des Beobachtens und des Folgerns zeigte.

Vier Jahre lang hatte ich nichts von ihm gehört, bis er eines Morgens in mein Zimmer in der Montague Street trat. Er hatte sich kaum verändert, war wie ein junger Mann von Lebensart gekleidet – er hatte immer etwas von einem Dandy – und betrug sich auf dieselbe ruhige und verbindliche Weise, die schon früher bezeichnend für ihn gewesen war.

‹Wie ist es dir so ergangen, Musgrave?› fragte ich, nachdem wir uns herzlich die Hände geschüttelt hatten.

‹Du hast wahrscheinlich vom Ableben meines armen Vaters gehört›, sagte er. ‹Er ist vor ungefähr zwei Jahren gestorben. Seitdem habe ich natürlich die Besitzungen von Hurlstone zu verwalten, und da ich zudem noch Abgeordneter für unseren Bezirk bin, ist mein Leben sehr arbeitsreich. Doch ich habe erfahren, Holmes, daß du die Fähigkeiten, mit denen du uns gelegentlich zum Staunen brachtest, beruflich verwendest.›

‹Ja›, sagte ich. ‹ich bin dazu übergegangen, mich durch meinen Verstand zu ernähren.›

‹Das höre ich gern, denn dein Rat wäre für mich im Augenblick höchst wertvoll. Bei uns in Hurlstone haben sich einige sehr merkwürdige Dinge ereignet, und die Polizei war einfach nicht in der Lage, Licht in die Angelegenheit zu bringen. Es ist wirklich die ungewöhnlichste und unverständlichste Geschichte.›

Sie können sich vorstellen, wie begierig ich ihm zuhörte, Watson, denn eben diese Aufgabe, nach der ich all die Monate

panting during all those months of inaction seemed to have come within my reach. In my inmost heart I believed that I could succeed where others failed, and now I had the opportunity. to test myself.

"‹Pray let me have the details,› I cried.

"Reginald Musgrave sat down opposite to me and lit the cigarette which I had pushed towards him.

"‹You must know,› said he, ‹that though I am a bachelor, I have to keep up a considerable staff of servants at Hurlstone, for it is a rambling old place and takes a good deal of looking after. I preserve, too, and in the pheasant months I usually have a house-party, so that it would not do to be short-handed. Altogether there are eight maids, the cook, the butler, two footmen, and a boy. The garden and the stables of course have a separate staff.

"‹Of these servants the one who had been longest in our service was Brunton, the butler. He was a young schoolmaster out of place when he was first taken up by my father, but he was a man of great energy and character, and he soon became quite invaluable in the household. He was a well-grown, handsome man, with a splendid forehead, and though he has been with us for twenty years he cannot be more than forty now. With his personal advantages and his extraordinary gifts – for he can speak several languages and play nearly every musical instrument – it is wonderful that he should have been satisfied so long in such a position, but I suppose that he was comfortable and lacked energy to make any change. The butler of Hurlstone is always a thing that is remembered by all who visit us.

"‹But this paragon has one fault. He is a bit of a Don Juan, and you can imagine that for a man like him it is not a very difficult part to play in a quiet country district. When he was married it was all
78 right, but since he has been a widower we have had no
79 end of trouble with him. A few months ago we were

der Untätigkeit gelechzt hatte, schien in Reichweite gekommen zu sein. In meinem innersten Herzen war ich überzeugt, daß ich Erfolg haben würde, wo andere versagten, und jetzt hatte ich die Möglichkeit, mich selbst zu erproben.

‹Ich bitte Sie inständig, erzählen sie ganz genau›, rief ich.

Reginald Musgrave setzte sich mir gegenüber und zündete die Zigarette an, die ich ihm gereicht hatte.

‹Du mußt wissen›, sagte er, ‹daß ich, obwohl Junggeselle, einen beträchtlichen Stab an Bediensteten auf Hurlstone halten muß, denn es ist ein weiträumiges altes Anwesen und bedarf erheblicher Pflege. Auch hege ich Wild, und wenn die Fasananjagd offen ist, lade ich über mehrere Tage ein, so daß es nicht gut wäre, zu wenig Hilfe zu haben. Alles in allem sind es acht Hausmädchen, der Koch, der Butler, zwei Kammerdiener und ein Bursche. Der Garten und die Ställe haben natürlich eigenes Personal.

Von diesen Angestellten war Brunton, der Butler, derjenige, der schon am längsten in unseren Diensten stand. Er war ein stellungsloser junger Schulmeister, als er von meinem Vater aufgenommen wurde, doch er war ein Mann von großer Tatkraft und Persönlichkeit und wurde bald in der Haushaltung völlig unersetzbar. Er war ein wohlgestalteter, gutaussehender Mann mit einer großartigen Stirn, und obwohl er an die zwanzig Jahre bei uns ist, kann er jetzt nicht älter als vierzig sein. Mit seinen persönlichen Vorzügen und seinen außergewöhnlichen Gaben – er beherrscht mehrere Sprachen und spielt fast jedes Musikinstrument – ist es verwunderlich, daß er so lange in einer solchen Stellung zufrieden gewesen sein soll, doch nehme ich an, daß er sich wohlfühlte und ihm die Entschlußkraft fehlte, einen Wechsel vorzunehmen. Der Butler auf Hurlstone ist etwas, woran sich alle unsere Besuche erinnern.

Aber dieses Muster von einem Mann hat einen Fehler. Er ist ein kleiner Don Juan, und du kannst dir vorstellen, daß diese Rolle für einen Mann wie ihn in einer friedlichen Landgegend nicht allzu schwer zu spielen ist. Als er verheiratet war, war alles gut, aber seit er verwitwet ist, hatten wir seinetwegen Ungelegenheiten ohne Ende. Vor einigen Monaten hegten wir

in hopes that he was about to settle down again, for he became engaged to Rachel Howells, our second housemaid; but he has thrown her over since then and taken up with Janet Tregellis, the daughter of the head game-keeper. Rachel – who is a very good girl, but of an excitable Welsh temperament – had a sharp touch of brain-fever and goes about the house now – or did until yesterday – like a black-eyed shadow of her former self. That was our first drama at Hurlstone; but a second one came to drive it from our minds, and it was prefaced by the disgrace and dismissal of butler Brunton.

"‹This was how it came about. I have said that the man was intelligent, and this very intelligence has caused his ruin, for it seems to have led to an insatiable curiosity about things which did not in the least concern him. I had no idea of the lengths to which this would carry him until the merest accident opened my eyes to it.

"‹I have said that the house is a rambling one. One day last week – on Thursday night, to be more exact – I found that I could not sleep, having foolishly taken a cup of strong *café noir* after my dinner. After struggling against it until two in the morning, I felt that it was quite hopeless, so I rose and lit the candle with the intention of continuing a novel which I was reading. The book, however, had been left in the billiard-room, so I pulled on my dressing-gown and started off to get it.

"‹In order to reach the billiard-room I had to descend a flight of stairs and then to cross the head of a passage which led to the library and the gun-room. You can imagine my surprise when, as I looked down this corridor, I saw a glimmer of light coming from the open door of the library. I had myself extinguished the lamp and closed the door before coming to bed. Naturally my first thought was of burglars. The corridors at Hurlstone have their walls largely

die Hoffnung, daß er drauf und dran war, wieder zur Ruhe zu kommen, denn er verlobte sich mit Rachel Howells, unserem zweiten Hausmädchen; dann hat er sie aber sitzen lassen und mit Janet Tregellis angebändelt, der Tochter des ersten Wildhüters. Rachel, die ein sehr liebes Mädchen ist, doch von reizbarer waliser Gemütsart, hatte einen heftigen Anfall von Gehirnfieber und sie wandelt jetzt durchs Haus – oder sie tat es bis gestern – wie ein dunkeläugiger Schatten ihrer selbst. Das war unsere erste große Unruhe auf Hurlstone, doch eine zweite vertrieb sie aus unseren Gedanken, und die wurde durch das ehrlose Verhalten und die Entlassung des Butlers Brunton veranlaßt.

Und zwar ereignete sich folgendes: Ich sagte, daß der Mann Verstand hatte; eben dieser Verstand hat sein Verderben verursacht, denn er scheint ihn zu einer unersättlichen Neugier auf Dinge verleitet zu haben, die ihn nicht das geringste angingen. Ich hatte keine Ahnung davon, wie weit ihn dies trieb, bis der blanke Zufall mir die Augen öffnete.

Ich sagte schon, daß das Haus weiträumig ist. Eines nachts in der vergangenen Woche – genauer gesagt: Donnerstag Nacht – merkte ich, daß ich nicht einschlafen konnte, da ich dummerweise nach dem Abendessen eine Tasse starken schwarzen Kaffee getrunken hatte. Nachdem ich mich bis morgens um zwei Uhr herumgequält hatte, sah ich ein, daß es völlig hoffnungslos war, und erhob mich, zündete die Kerze an und gedachte, in einem Roman, den ich angefangen hatte, weiterzulesen. Das Buch jedoch hatte ich im Billardzimmer zurückgelassen, so daß ich meinen Morgenrock überzog und mich aufmachte, es zu holen.

Um das Billardzimmer zu erreichen, mußte ich die Treppe ein Geschoß hinabsteigen und dann das obere Ende des Flurs durchqueren, der zur Bibliothek und zur Gewehrkammer führte. Du kannst dir meine Überraschung vorstellen, als ich, den Gang entlang schauend, einen Lichtschein sah, der aus der geöffneten Tür der Bibliothek fiel. Ich selbst hatte die Lampe gelöscht und die Tür geschlossen, bevor ich mich zu Bett begab. Natürlich kam mir als erstes der Gedanke an Einbrecher. In den Gängen auf Hurlstone sind die Wände zum größten Teil mit

decorated with trophies of old weapons. From one of these I picked a battle-axe, and then, leaving my candle behind me, I crept on tiptoe down the passage and peeped in at the open door.

"‹Brunton, the butler, was in the library. He was sitting, fully dressed, in an easy-chair, with a slip of paper which looked like a map upon his knee, and his forehead sunk forward upon his hand in deep thought. I stood dumb with astonishment, watching him from the darkness. A small taper on the edge of the table shed a feeble light which sufficed to show me that he was fully dressed. Suddenly, as I looked, he rose from his chair, and, walking over to a bureau at the side, he unlocked it and drew out one of the drawers. From this he took a paper, and, returning to his seat, he flattened it out beside the taper on the edge of the table and began to study it with minute attention. My indignation at this calm examination of our family documents overcame me so far that I took a step forward, and Brunton, looking up, saw me standing in the doorway. He sprang to his feet, his face turned livid with fear, and he thrust into his breast the chart-like paper which he had been originally studying.

"‹'So!' said. I. 'This is how you repay the trust which we have reposed in you. You will leave my service to-morrow.'

"‹He bowed with the look of a man who is utterly crushed and slunk past me without a word. The taper was still on the table, and by its light I glanced to see what the paper was which Brunton had taken from the bureau. To my surprise it was nothing of any importance at all, but simply a copy of the questions and answers in the singular old observance called the Musgrave Ritual. It is a sort of ceremony peculiar to our family, which each Musgrave for centuries past
82 has gone through on his coming of age – a thing of
83 private interest, and perhaps of some little importan-

alten Beutewaffen geschmückt. Ich holte mir ein Kriegsbeil herunter, stellte dann meine Kerze ab, schlich auf Zehenspitzen den Gang entlang und blickte verstohlen durch die geöffnete Tür.

Brunton, der Butler, war in der Bibliothek. Er saß voll bekleidet in einem Sessel, mit einem Stück Papier, das wie eine Karte aussah, auf den Knien; sein Kopf ruhte gedankenvoll in der aufgestützten Hand. Ich war sprachlos vor Verblüffung und beobachtete ihn aus der Dunkelheit. Eine kurze Kerze seitab auf dem Tisch warf ein schwaches Licht, gerade genug, um mir zu zeigen, daß er voll bekleidet war. Während ich so schaute, erhob er sich plötzlich aus dem Sessel, ging hinüber zu einem Sekretär an der Wand, schloß ihn auf und zog eine der Schubladen heraus.

Aus ihr nahm er ein Papier, dann kehrte er zu seinem Sitz zurück, faltete das Blatt neben der Kerze auf dem Tisch auseinander und begann es mit großer Aufmerksamkeit zu prüfen. Meine Empörung über diese gelassene Durchsicht unserer Familienurkunden war so übermächtig, daß ich einen Schritt vor tat – und Brunton, der den Kopf hob, sah mich im Türbogen stehen. Er sprang auf, sein Gesicht färbte sich blaß vor Schreck, und er schob das kartenähnliche Papier, mit dem er sich anfangs beschäftigt hatte, in seine Westentasche.

'So!' sagte ich. 'Auf solche Weise erwidern Sie also das Vertrauen, das wir in Sie gesetzt haben! Sie werden morgen aus meinen Diensten scheiden.'

Er verbeugte sich mit der Miene eines Mannes, der völlig niedergeschmettert ist, und schlich wortlos an mir vorbei. Die Kerze stand noch auf dem Tisch, und in ihrem Licht sah ich nach, welches Papier Brunton dem Sekretär entnommen hatte. Zu meiner Überrschung war es nichts von eigentlicher Bedeutung, sondern nur ein Duplikat der Fragen und Antworten des merkwürdigen alten Brauches, den man das Ritual der Musgrave nennt. Es ist eine Art Zeremonie, die nur unserer Familie eigen ist und die seit Jahrhunderten jeder Musgrave mit der Volljährigkeit durchgestanden hat – eine Sache mit rein familiärem Bezug, vielleicht von einer gewissen Bedeutung

ce to the archaeologist, like our own blazonings and charges, but of no practical use whatever.›

"‹We had better come back to the paper afterwards,› said I.

"‹If you think it really necessary,› he answered with some hesitation. ‹To continue my statement, however: I relocked the bureau, using the key which Brunton had left, and I had turned to go when I was surprised to find that the butler had returned, and was standing before me.

"‹'Mr. Musgrave, sir,' he cried in a voice which was hoarse with emotion, 'I can't bear disgrace, sir. I've always been proud above my station in life, and disgrace would kill me. My blood will be on your head, sir – it will, indeed – if you drive me to despair. If you cannot keep me after what has passed, then for God's sake let me give you notice and leave in a month, as if of my own free will. I could stand that, Mr. Musgrave, but not to be cast out before all the folk that I know so well.'

"‹'You don't deserve much consideration, Brunton,' I answered. 'Your conduct has been most infamous. However, as you have been a long time in the family, I have no wish to bring public disgrace upon you. A month, however, is too long. Take yourself away in a week, and give what reason you like for going.'

"‹'Only a week, sir?' he cried in a despairing voice. 'A fortnight – say at least a fortnight!'

"‹'A week,' I repeated, 'and you may consider yourself to have been very leniently dealt with.'

"‹He crept away, his face sunk upon his breast, like a broken man, while I put out the light and returned to my room.

"‹For two days after this Brunton was most assiduous in his attention to his duties. I made no allusion to what had passed and waited with some curiosity to see how he would cover his disgrace. On

für Historiker, etwa wie die Heraldik unseres Wappens, doch von überhaupt keinem anwendbaren Wert.›

‹Auf dieses Papier sollten wir vielleicht später nochmals zurückkommen›, sagte ich.

‹Wenn du es wirklich für nötig hältst›, antwortete er mit leichtem Zögern. ‹Doch nun weiter mit meinem Bericht: ich verschloß den Sekretär, und zwar mit dem Schlüssel, den Brunton zurückgelassen hatte; als ich mich zum Gehen wandte, sah ich überrascht, daß der Butler zurückgekehrt war und vor mir stand.

'Mr. Musgrave, gnädiger Herr', sagte er mit einer Stimme, die heiser war vor Erregung, 'ich kann Schande nicht ertragen. Ich bin immer im Leben stolz auf meine Stellung gewesen, und Schande würde mich töten. Mein Blut wird über Ihr Haupt kommen, gnädiger Herr – ganz sicher wird es das – sollten Sie mich zur Verzweiflung treiben. Wenn Sie mich nicht mehr behalten können nach dem, was geschehen ist, dann lassen Sie in Gottes Namen mich die Kündigung aussprechen und in einem Monat gehen, als geschähe es freiwillig von mir aus. Das könnte ich ertragen, Mr. Musgrave, doch nicht hinausgeworfen zu werden vor all den Leuten, die ich so gut kenne.'

'Sie verdienen keine große Rücksichtnahme, Brunton', antwortete ich. 'Ihr Benehmen war äußerst niederträchtig. Da Sie jedoch lange Zeit in der Familie gewesen sind, möchte ich nicht öffentliche Schande auf Sie laden. Ein Monat jedoch ist zu lang. Entfernen Sie sich in einer Woche und geben Sie für Ihr Weggehen einen beliebigen Grund an.'

'Nur eine Woche, Herr?' rief er mit verzweifelter Stimme. 'Vierzehn Tage – gestatten Sie wenigstens vierzehn Tage.'

'Eine Woche', wiederholte ich, 'und Sie dürfen sich damit als sehr nachsichtig behandelt betrachten.'

Demütig machte er sich mit tief gesenktem Kopf davon, wie ein gebrochener Mann, während ich das Licht löschte und in mein Zimmer zurückkehrte.

Die zwei Tage danach war Brunton dienstbeflissen in der Ausübung seiner Pflichten. Ich machte keine Anspielung auf das, was vorgefallen war, und wartete mit nicht geringer Neugier ab, wie er seine Schande bemänteln würde. Am dritten

the third morning, however, he did not appear, as was his custom, after breakfast to receive my instructions for the day. As I left the dining-room I happened to meet Rachel Howells, the maid. I have told you that she had only recently recovered from an illness and was looking so wretchedly pale and wan that I remonstrated with her for being at work.

"‹'You should be in bed,' I said. 'Come back to your duties when you are stronger.'

"‹She looked at me with so strange an expression that I began to suspect that her brain was affected.

"‹'I am strong enough, Mr. Musgrave,' said she.

"‹'We will see what the doctor says,' I answered. 'You must stop work now, and when you go downstairs just say that I wish to see Brunton.'

"‹'The butler is gone,' said she.

"‹'Gone! Gone where?'

"‹'He is gone. No one has seen him. He is not in his room. Oh, yes, he is gone, he is gone!' She fell back against the wall with shriek after shriek of laughter, while I, horrified at this sudden hysterical attack, rushed to the bell to summon help. The girl was taken to her room, still screaming and sobbing, while I made inquiries about Brunton. There was no doubt about it that he had disappeared. His bed had not been slept in, he had been seen by no one since he had retired to his room the night before, and yet it was difficult to see how he could have left the house, as both windows and doors were found to be fastened in the morning. His clothes, his watch, and even his money were in his room, but the black suit which he usually wore was missing. His slippers, too, were gone, but his boots were left behind. Where then could butler Brunton have gone in the night, and what could have become of him now?

"‹Of course we searched the house from cellar to
86 garret, but there was no trace of him. It is, as I have
87 said, a labyrinth of an old house, especially the

Morgen jedoch erschien er nicht, wie es seine Gewohnheit war, nach dem Frühstück, um meine Anweisungen für den Tag entgegenzunehmen. Als ich das Eßzimmer verließ, traf ich auf Rachel Howells, das Hausmädchen. Ich habe dir erzählt, daß sie sich erst kürzlich von einer Krankheit erholt hatte und so jämmerlich blaß und matt aussah, daß ich ihr Vorhaltungen machte, sie bei der Arbeit zu sehen.

'Sie gehören ins Bett', sagte ich. 'Treten Sie Ihren Dienst erst wieder an, wenn Sie kräftiger sind.'

Sie sah mich mit einer so eigentümlichen Mine an, daß mir der Verdacht kam, ihr Geist habe gelitten.

'Ich bin gesund genug, Mr. Musgrave', sagte sie.

'Wir wollen abwarten, was der Arzt sagt', antwortete ich. 'Sie hören jetzt zu arbeiten auf, und wenn Sie hinuntergehen, geben Sie Bescheid, daß ich Brunton zu sehen wünsche.'

'Der Butler ist fort', sagte sie.

'Fort? Wohin?'

'Er ist fort. Keiner hat ihn gesehen. Er ist nicht in seinem Zimmer. Oh ja, er ist fort – er ist fort!' Sie fiel rücklings gegen die Wand unter krampfhaftem kreischenden Gelächter, während ich, entsetzt über diesen plötzlichen hysterischen Anfall, zur Glocke eilte, um Hilfe herbeizuläuten. Das Mädchen wurde in ihr Zimmer gebracht, immer noch schreiend und schluchzend, während ich Erkundigungen über Brunton einholte. Es konnte kein Zweifel bestehen, daß er verschwunden war. Sein Bett war unbenutzt. Seit er sich den Abend zuvor in sein Zimmer zurückgezogen hatte, war er von niemandem gesehen worden. Dabei war es schwer vorstellbar, wie er das Haus verlassen haben konnte, da man sowohl Fenster als auch Türen am Morgen fest verriegelt gefunden hatte. Seine Kleider, seine Uhr, ja sogar sein Geld befanden sich in seinem Zimmer – nur der schwarze Anzug, den er gewöhnlich trug, fehlte. Seine Halbschuhe waren auch fort, aber die Stiefel waren da. Wohin konnte der Butler Brunton denn in der Nacht gegangen sein, und was war dann mit ihm geschehen?

Natürlich durchsuchten wir das Haus vom Keller bis zum Speicher, doch es gab keine Spur von ihm. Das Haus ist, wie ich schon sagte, ein Wirrwarr von Räumlichkeiten, besonders im

original wing, which is now practically uninhabited; but we ransacked every room and cellar without discovering the least sign of the missing man. It was incredible to me that he could have gone away leaving all his property behind him, and yet were could he be? I called in the local police, but without success. Rain had fallen on the night before, and we examined the lawn and the paths all round the house, but in vain. Matters were in this state, when an new development quite drew our attention away from the original mystery.

"‹For two days Rachel Howells had been so ill, sometimes delirious, sometimes hysterical, that a nurse had been employed to sit up with her at night. On the third night after Brunton's disappearance, the nurse, finding her patient sleeping nicely, had dropped into a nap in the armchair, when she woke in the early morning to find the bed empty, the window open, and no signs of the invalid. I was instantly aroused, and, with the two footmen, started off at once in search of the missing girl. It was not difficult to tell the direction which she had taken, for, starting from under her window, we could follow her footmarks easily across the lawn to the edge of the mere, where they vanished close to the gravel path which leads out of the grounds. The lake there is eight feet deep, and you can imagine our feelings when we saw that the trail of the poor demented girl came to an end at the edge of it.

"‹Of course, we had the drags at once and set to work to recover the remains, but no trace of the body could we find. On the other hand, we brought to the surface an object of a most unexpected kind. It was a linen bag which contained within it a mass of old rusted and discoloured metal and several dull-coloured pieces of pebble or glass. This strange find was all that we could get from the mere, and, although we made every possible search and inquiry yesterday,

eigentlich alten Flügel, der heutzutage so gut wie unbewohnt ist, doch wir durchstöberten jedes Zimmer und jeden Keller – ohne das geringste Anzeichen von dem Vermißten zu entdecken. Ich konnte mir nicht vorstellen, daß er weggegangen war und sein ganzes Eigentum hinterlassen hatte, und dennoch, wo konnte er sein? Ich holte die Ortspolizei, doch das war ohne Erfolg. In der Nacht zuvor hatte es geregnet, und wir prüften den Rasen und alle Wege ums Haus herum, doch umsonst. So standen die Dinge, als ein neues Geschehen unsere Aufmerksamkeit völlig von diesem ersten Rätsel ablenkte.

Zwei Tage lang war Rachel Howells so krank gewesen, teils phantasierend, teils übererregt, daß eine Schwester zugezogen wurde, die nachts bei ihr zu wachen hatte. In der dritten Nacht nach Bruntons Verschwinden war die Schwester, die ihren Pflegling friedlich schlafen sah, in ihrem Armstuhl eingenickt; als sie früh am Morgen erwachte, fand sie das Bett leer, das Fenster offen und keine Spur von der Kranken.

Ich wurde auf der Stelle geweckt und machte mich mit den zwei Kammerdienern sofort auf die Suche nach dem vermißten Mädchen. Es war nicht schwer, die Richtung zu finden, die sie eingeschlagen hatte, denn von unter ihrem Fenster ausgehend konnten wir ihren Fußspuren bis zum Rand des Weihers folgen, wo sie dicht beim Kiesweg, der aus unserem Besitz hinausführt, verschwanden. Der See ist dort acht Fuß tief und du kannst dir vorstellen, wie uns zumute war, als wir sahen, daß die Spur des armen wahnsinnigen Mädchens an seinem Ufer endete.

Natürlich holten wir sofort Schleppnetze und machten uns ans Werk, die sterblichen Überreste zu bergen. Doch der Leichnam war nicht auffindbar. Dagegen brachten wir einen Gegenstand von völlig unerwarteter Art an die Oberfläche. Es war ein Leinensack, der ein Knäuel altes verrostetes und fleckiges Metall und mehrere stumpffarbige Bruchstückchen von Kieseln oder Glas enthielt. Dieser merkwürdige Fund war alles, was wir aus dem Weiher holten, und obwohl wir gestern alle nur erdenklichen Nachforschungen und Erkundigungen

we know nothing of the fate either of Rachel Howells or of Richard Brunton. The county police are at their wit's end, and I have come up to you as a last resource.›

"You can imagine, Watson, with what eagerness I listened to this extraordinary sequence of events, and endeavoured to piece them together, and to devise some common thread upon which they might all hang. The butler was gone. The maid was gone. The maid had loved the butler, but had afterwards had cause to hate him. She was of Welsh blood, fiery and passionate. She had been terribly excited immediately after his disappearance. She had flung into the lake a bag containing some curious contents. These were all factors which had to be taken into consideration, and yet none of them got quite to the heart of the matter. What was the starting-point of this chain of events? There lay the end of this tangled line.

"‹I must see that paper, Musgrave,› said I, ‹which this butler of yours thought it worth his while to consult, even at the risk of the loss of his place.›

"‹It is rather and absurd business, this ritual of ours,› he answered. ‹But it has at least the saving grace of antiquity to excuse it. I have a copy of the questions and answers here if you care to run your eye over them.›

"He handed me the very paper which I have here, Watson, and this is the strange catechism to which each Musgrave had to submit when he came to man's estate. I will read you the questions and answers as they stand.

Whose was it?
His who is gone.
Who shall have it?
He who will come.
Where was the sun?
Over the oak.

anstellten, wissen wir weder etwas über das Schicksal von Rachel Howells noch über das von Richard Brunton. Die Distriktpolizei ist am Ende ihrer Weisheit, und ich bin zu dir als meiner letzten Rettung gekommen.›

Sie können sich vorstellen, Watson, mit welcher Spannung ich diesem außergewöhnlichen Aufeinander von Ereignissen lauschte und mich bemühte, sie in Zusammenhang zu bringen, den gemeinschaftlichen Faden ausfindig zu machen, an dem sie alle hängen könnten. Der Butler war verschwunden. Das Hausmädchen hatte den Butler geliebt, doch später Grund gehabt, ihn zu hassen. Sie war waliser Herkunft, wild und leidenschaftlich. Sie hatte sich kurz nach seinem Verschwinden schrecklich erregt. In den See hatte sie einen Beutel mit seltsamen Inhalt geworfen. Dieses waren lauter Umstände, die in Betracht gezogen werden mußten – aber keiner schien ganz zum Kern der Sache zu gehören. Was war der Ausgangspunkt dieser Kette von Vorfällen? Erst dort lag das Ende dieses verworrenen Fadens.

‹Ich muß das Papier sehen, Musgrave›, sagte ich, ‹das deinem Butler so wichtig schien, daß er es selbst auf die Gefahr hin zu Rate zog, seine Stellung zu verlieren.›

‹Es ist eigentlich eine alberne Sache, unser Ritual›, antwortete er, ‹doch es hat wenigstens die seligmachende Gnade der Altertümlichkeit zu seiner Entschuldigung. Ich habe eine Abschrift der Fragen und Antworten bei mir, wenn Dir daran liegt, einen Blick darauf zu werfen.›

Er reichte mir dieses Papier hier, Watson; dies also ist die merkwürdige Folge von Fragen, die jeder Musgrave über sich ergehen lassen mußte, wenn er ins Mannesalter kam. Ich will Ihnen die Fragen und Antworten vorlesen, so wie sie hier stehen:

Wessen war es?
Dessen, der verging.
Wem soll es gehören?
Dem, der kommen wird.
Wo stand die Sonne?
Über der Eiche.

Where was the shadow?
Under the elm.
How was it stepped?
North by ten and by ten, east by five and by five, south by two and by two, west by one and by one, and so under.
What shall we give for it?
All that is ours.
Why should we give it?
For the sake of the trust.

"‹The original has no date, but is in the spelling of the middle of the seventeenth century,› remarked Musgrave. ‹I am afraid, however, that it can be of little help to you in solving this mystery.›

"‹At least,› said I, ‹it gives us another mystery, and one which is even more interesting than the first. It may be that the solution of the one may prove to be the solution of the other. You will excuse me, Musgrave, if I say that your butler appears to me to have been a very clever man, and to have had a clearer insight than ten generations of his masters.›

"‹I hardly follow you,› said Musgrave. ‹The paper seems to me to be of no practical importance.›

"‹But to me it seems immensely practical, and I fancy that Brunton took the same view. He had probably seen it before that night on which you caught him.›

"‹It is very possible. We took no pains to hide it.›

"‹He simply wished, I should imagine, to refresh his memory upon that last occasion. He had, as I understand, some sort of map or chart which he was comparing with the manuscript, and which he thrust into his pocket when you appeared.›

"‹That is true. But what could he have to do with this old family custom of ours, and what does this
92 rigmarole mean?›
93 "‹I don't think that we should have much difficulty

Wo lag der Schatten?
Unter der Ulme.
Wie wurde geschritten?
Nördlich zehn und nochmals zehn, östlich fünf und nochmals fünf, südlich zwei und nochmals zwei, westlich einen und nochmals einen und darunter.
Was sollen wir dafür geben?
Alles unsrige.
Warum sollen wir es geben?
Um der Treuepflicht willen.

‹Die Handschrift trägt kein Datum, doch sie ist in der Schreibweise des mittleren 17. Jahrhunderts abgefaßt›, fügte Musgrave hinzu. ‹Ich fürchte aber, daß sie dir bei der Klärung dieses Geheimnisses nur wenig helfen kann.›

‹Immerhin›, sagte ich, ‹liefert es uns ein weiteres Geheimnis, und sogar eins, das noch spannender ist als das erste. Es könnte sein, daß die Lösung des einen sich als die Lösung des anderen herausstellt. Verzeih mir, Musgrave, doch ich habe den Eindruck, daß dein Butler ein sehr gescheiter Mann gewesen ist, daß er mehr Scharfblick hatte als zehn Generationen seiner Gebieter.›

‹Ich verstehe dich nicht ganz›, sagte Musgrave. ‹Das Papier kommt mir überhaupt nicht brauchbar vor.›

‹Mir aber kommt es ungeheuer brauchbar vor, und ich denke, daß Brunton derselben Ansicht war. Er hatte es wahrscheinlich schon vor jener Nacht, in der du ihn ertappt hast, zu Gesicht bekommen.›

‹Sehr wohl möglich. Wir haben es nie furchtbar geheim gehalten.›

‹Er wollte vielleicht einfach nur sein Gedächtnis auffrischen, ein letztes Mal. So wie ich dich verstanden habe, hatte er eine Art Karte oder Zeichnung, die er mit der Handschrift verglich und die er in seine Tasche schob, als du erschienst.›

‹Das stimmt. Doch was könnte ihn an unserem alten Familienbrauch beschäftigt haben und was könnte dieses Gestammel bedeuten?›

‹Ich glaube, wir werden kaum große Schwierigkeiten haben,

in determining that,› said I; ‹with your permission we will take the first train down to Sussex and go a little more deeply into the matter upon the spot.›

"The same afternoon saw us both at Hurlstone. Possibly you have seen pictures and read descriptions of the famous old building, so I will confine my account of it to saying that it is built in the shape of an L, the long arm being the more modern portion, and the shorter the ancient nucleus from which the other has developed. Over the low, heavy-lintelled door, in the centre of this old part, is chiselled the date, 1607, but experts are agreed that the beams and stonework are really much older than this. The enormously thick walls and tiny windows of this part had in the last century driven the family into building the new wing, and the old one was used now as a storehouse and a cellar, when it was used at all. A splendid park with fine old timber surrounds the house, and the lake, to which my client had referred, lay close to the avenue, about two hundred yards from the building.

"I was already firmly convinced, Watson, that there were not three separate mysteries here, but one only, and that if I could read the Musgrave Ritual aright I should hold in my hand the clue which would lead me to the truth concerning both the butler Brunton and the maid Howells. To that then I turned all my energies. Why should this servant be so anxious to master this old formula? Evidently because he saw something in it which had escaped all those generations of country squires, and from which he expected some personal advantage. What was it then, and how had it affected his fate?

"It was perfectly obvious to me, on reading the Ritual, that the measurements must refer to some spot to which the rest of the document alluded, and that if we could find that spot we should be in a fair way towards finding what the secret was which the old Musgraves had thought it necessary to embalm in

das herauszufinden›, sagte ich. ‹Mit deinem Einverständnis werden wir den nächsten Zug nach Sussex nehmen und uns an Ort und Stelle ein wenig in die Angelegenheit vertiefen.›

Am selben Nachmittag sahen wir uns in Hurlstone. Möglicherweise haben Sie Abbildungen dieses berühmten alten Bauwerks gesehen oder Beschreibungen gelesen; darum möchte ich meinen Beitrag auf den Hinweis beschränken, daß der Grundriß die Form eines L hat, wobei der lange Arm den neueren Teil und der kürzere den alten Kern bildet, aus dem der andere hervorgegangen ist. Über der niedrigen, mit schwerem Sturz versehenen Eingangstür in der Mitte dieses alten Teils ist das Datum 1607 eingemeißelt, doch Fachleute sind sich darüber einig, daß das Gebälk und die Steinmetzarbeit in Wirklichkeit noch viel älter sind. Die ungeheuer dicken Mauern und die winzigen Fenster dieses Teils haben im vergangenen Jahrhundert die Familie bewogen, den neuen Flügel zu bauen, und der alte wurde jetzt, wenn überhaupt, als Lagerhaus und Kellerei benutzt. Ein weitläufiger Park mit schönem alten Baumbestand umgab den Bau, und der Teich, von dem mein Mandant gesprochen hatte, lag dicht an der Auffahrtsallee, ungefähr zweihundert Yards vom Haus entfernt.

Ich war bereits fest überzeugt, Watson, daß es hier nicht drei getrennte Rätsel gab, sondern nur ein einziges, und daß ich, wenn ich das Ritual der Musgrave richtig auslegen konnte, den Schlüssel in den Händen halten würde, der mich zur Wahrheit sowohl über den Butler Brunton als auch über das Hausmädchen Howells brächte. Also war mein ganzer Eifer dorthin gerichtet. Warum war dieser Bedienstete so scharf darauf gewesen, die alte Familienformel zu entschlüsseln? Offensichtlich doch, weil er etwas in ihr sah, das all den Generationen von Landedelleuten entgangen war und wovon er sich einen eigenen Vorteil erwartete. Was war es nur, und wie hatte es auf sein Schicksal eingewirkt?

Als ich das Ritual las, war mir völlig klar, daß die Maßangaben auf eine Stelle hinwiesen, die das restliche Dokument andeutete und daß, wenn wir jene Stelle finden könnten, wir auf dem besten Wege wären, das Geheimnis zu ergründen, das die alten Musgraves für so wichtig erachteten,

so curious a fashion. There were two guides given us to start with, an oak and an elm. As to the oak there could be no question at all. Right in front of the house, upon the lefthand side of the drive, there stood a patriarch among oaks, one of the most magnificent trees that I have ever seen.

"‹That was there when your Ritual was drawn up,› said I as we drove past it.

"‹It was there at the Norman Conquest in all probability,› he answered. ‹It has a girth of twenty-three feet.›

"Here was one of my fixed points secured.

"‹Have you any old elms?› I asked.

"‹There used to be a very old one over yonder, but it was struck by lightning ten years ago, and we cut down the stump.›

"‹You can see where it used to be?›

"‹Oh, yes.›

"‹There are no other elms?›

"‹No old ones, but plenty of beeches.›

"‹I should like to see where it grew.›

"We had driven up in a dog-cart, and my client led me away at once, without our entering the house, to the scar on the lawn where the elm had stood. It was nearly midway between the oak and the house. My investigation seemed to be progressing.

"‹I suppose it is impossible to find out how high the elm was?› I asked.

"‹I can give you it at once. It was sixty-four feet.›

"‹How do you come to know it?› I asked in surprise.

"‹When my old tutor used to give me an exercise in trigonometry, it always took the shape of measuring heights. When I was a lad I worked out every tree and building in the estate.›

"This was an unexpected piece of luck. My data were coming more quickly than I could have reasonably hoped.

daß sie es auf eine so merkwürdige Weise vor der Vergessenheit bewahrten. Zwei Anhaltspunkte waren mir für den ersten Schritt gegeben, eine Eiche und eine Ulme. Hinsichtlich der Eiche konnte es keine Zweifel geben. Direkt vor dem Haus zur Linken der Auffahrt stand ein Erzvater von Eiche, einer der herrlichsten Bäume, die ich je zu Gesicht bekommen habe.

‹Stand diese Eiche schon da, als euer Ritual abgefaßt wurde?› fragte ich, als wir vorbeifuhren.

‹Sie stand aller Wahrscheinlichkeit schon da zur Zeit der normannischen Eroberung›, antwortete er. ‹Ihr Umfang mißt 23 Fuß.›

Damit war einer meiner Ausgangspunkte gesichert.

‹Habt ihr auch alte Ulmen?› fragte ich.

‹Dort drüben stand eine sehr alte, doch sie wurde vor zehn Jahren vom Blitz getroffen, und wir haben sie gefällt.›

‹Du weißt noch, wo sie stand?›

‹Aber ja.›

‹Und es gibt keine anderen Ulmen?›

‹Keine alten, aber viele Buchen.›

‹Ich würde gerne sehen, wo die Ulme gestanden hat.›

Wir waren in einem Dogcart vorgefahren und mein Mandant führte mich gleich, statt mit mir das Haus zu betreten, an die unebene Stelle im Rasen, wo die Ulme gestanden hatte. Das war fast genau in der Mitte zwischen der Eiche und dem Haus. Meine Nachforschungen schienen voranzukommen.

‹Es ist wohl ausgeschlossen, in Erfahrung zu bringen, wie hoch die Ulme war?› fragte ich.

‹Das kann ich dir sofort sagen. Sie war vierundsechzig Fuß hoch.›

‹Woher weißt du das?› fragte ich überrascht.

‹Wenn mein damaliger Hauslehrer mir eine Aufgabe in Trigonometrie stellte, lief es immer darauf hinaus, Höhen zu messen. Ich habe als Junge die Höhe eines jeden Baumes und Gebäudes auf dem Herrensitz errechnet.›

Das war ein unerwarteter Glücksfall. Meine Meßwerte kamen schneller zusammen, als ich billigerweise hatte hoffen dürfen.

"‹Tell me,› I asked, ‹did your butler ever ask you such a question?›

"Reginald Musgrave looked at me in astonishment. ‹Now that you call it to my mind,› he answered, ‹Brunton *did* ask me about the height of the tree some months ago in connection with some little argument with the groom.›

"This was excellent news, Watson, for it showed me that I was on the right road. I looked up at the sun. It was low in the heavens, and I calculated that in less than an hour it would lie just above the topmost branches of the old oak. One condition mentioned in the Ritual would then be fulfilled. And the shadow of the elm must mean the farther end of the shadow, otherwise the trunk would have been chosen as the guide. I had, then, to find where the far end of the shadow would fall when the sun was just clear of the oak."

"That must have been difficult, Holmes, when the elm was no longer there."

"Well, at least I knew that if Brunton could do it, I could also. Besides, there was no real difficulty. I went with Musgrave to his study and whittled myself this peg, to which I tied this long string with a knot at each yard. Then I took two lengths of a fishing-rod, which came to just six feet, and I went back with my client to where the elm had been. The sun was just grazing the top of the oak. I fastened the rod on end, marked out the direction of the shadow, and measured it. It was nine feet in length.

"Of course the calculation now was a simple one. If a rod of six feet threw a shadow of nine, a tree of sixty-four feet would throw one of ninety-six, and the line of the one would of course be the line of the other. I measured out the distance, which brought me almost to the wall of the house, and I thrust a peg into
98 the spot. You can imagine my exultation, Watson,
99 when within two inches of my peg I saw a conical

‹Sag mal›, fragte ich, ‹hat dein Butler dir jemals eine solche Frage gestellt?›

Reginald Musgrave schaute mich überrascht an. ‹Jetzt, wo du mich daran erinnerst›, antwortete er. ‹Brunton hat mich wirklich vor einigen Monaten nach der Höhe des Baumes gefragt im Zusammenhang mit irgend einer kleinen Meinungsverschiedenheit, die er mit dem Stallknecht hatte.›

Das war eine hervorragende Nachricht, Watson, denn sie zeigte mir, daß ich auf der richtigen Fährte war. Ich schaute zur Sonne. Sie stand tief am Himmel, und ich rechnete damit, daß sie in weniger als einer Stunde über den obersten Zweigen der alten Eiche stehen würde. Eine Bedingung, die in dem Ritual erwähnt war, wäre dann erfüllt. ‹Schatten unter der Ulme› bedeutete, daß das Ende dieses Schattens gemeint war, sonst wäre der Stamm als Wegzeichen gewählt worden. Ich hatte also festzustellen, wohin das Ende des Schattens fallen würde, wenn die Sonne gerade direkt über der Eiche stand.»

«Das muß schwierig gewesen sein, Holmes, da die Ulme doch nicht mehr vorhanden war.»

«Nun, zumindest wußte ich, daß, wenn Brunton es herausbekommen hatte, ich es auch könnte. Übrigens war es gar nicht so schwierig. Ich ging mit Musgrave in sein Arbeitszimmer und schnitzte mir dieses Stöckchen, an dem ich diese lange Schnur befestigte, die ich mit einem Knoten nach jedem Yard versah. Dann nahm ich zwei Stäbe einer Angelrute, die zusammengesteckt 6 Fuß maßen, und ging mit meinem Mandanten dorthin, wo die Ulme gestanden hatte. Die Sonne streifte soeben den Wipfel der Eiche. Ich stellte die Angelrute senkrecht auf, zeichnete den Verlauf des Schattens nach und maß seine Länge. Es waren 9 Fuß.

Jetzt war natürlich die Rechnung ganz einfach. Wenn eine Gerte von 6 Fuß einen Schatten von 9 Fuß warf, dann würde ein Baum von 64 Fuß einen Schatten von 96 Fuß werfen, und die Richtung wäre die gleiche. Ich maß diese Strecke ab, die mich fast bis zur Hausmauer brachte, und steckte an der Stelle einen Pflock in die Erde. Sie können sich mein Frohlocken vorstellen, Watson, als ich zwei Inches von meinem Pflock entfernt eine trichterförmige Vertiefung im Erdreich

depression in the ground. I knew that it was the mark made by Brunton in his measurements, and that I was still upon his trail.

"From this starting-point I proceeded to step, having first taken the cardinal points by my pocket-compass. Ten steps with each foot took me along parallel with the wall of the house, and again I marked my spot with a peg. Then I carefully paced off five to the east and two to the south. It brought me to the very threshold of the old door. Two steps to the west meant now that I was to go two paces down the stone-flagged passage, and this was the place indicated by the Ritual.

"Never have I felt such a cold chill of disappointment, Watson. For a moment it seemed to me that there must be some radical mistake in my calculations. The setting sun shone full upon the passage floor, and I could see that the old, foot-worn gray stones with which it was paved were firmly cemented together, and had certainly not been moved for many a long year. Brunton had not been at work here. I tapped upon the floor, but it sounded the same all over, and there was no sign of any crack or crevice. But, fortunately, Musgrave, who had begun to appreciate the meaning of my proceedings, and who was now as excited as myself, took out his manuscript to check my calculations.

"‹And under,› he cried. ‹You have omitted the *and under.*›

"I had thought that it meant that we were to dig, but now, of course, I saw at once that I was wrong. ‹There is a cellar under this then?› I cried.

"‹Yes, and as old as the house. Down here, through this door.›

"We went down a winding stone stair, and my companion, striking a match, lit a large lantern which
100 stood on a barrel in the corner. In an instant it was
101 obvious that we had at last come upon the true place,

sah. Ich wußte, daß dies das Zeichen war, das Brunton nach seinen Messungen gemacht hatte, und daß ich ihm noch auf der Spur war.

Von diesem Punkt aus begann ich nun abzuschreiten, nachdem ich zuvor mit meinem Taschenkompaß die Himmelsrichtungen festgestellt hatte. Zehn Doppelschritte führten mich parallel neben der Hausmauer her. Wiederum kennzeichnete ich meine Stelle mit einem Pflock. Dann machte ich sorgfältig fünf Doppelschritte nach Osten und zwei nach Süden. Das brachte mich genau auf die Schwelle der alten Eingangstür. Zwei Schritte nach Westen bedeutete jetzt, daß ich zwei Schritte in den steingepflasterten Flur machen mußte – und das war die Stelle, die das Ritual andeutete.

Nie habe ich einen solchen kalten Schauder der Enttäuschung erlebt, Watson. Einen Augenblick glaubte ich, daß ein grundsätzlicher Fehler in meiner Berechnung sein mußte. Die sinkende Sonne fiel voll in den Flur, und ich konnte sehen, daß die alten ausgetretenen grauen Steine, mit denen er gepflastert war, fest zusammengefügt und sicherlich seit vielen Jahren nicht mehr angetastet worden waren. Hier hatte Brunton sich nichts zu schaffen gemacht. Ich klopfte den Boden ab, doch er klang überall gleich, und nirgends sah ich auch nur die Andeutung einer Spalte oder eines Risses. Doch zum Glück holte Musgrave, der begonnen hatte, den Sinn meines Vorgehens zu würdigen und jetzt eben so aufgeregt war wie ich, die Handschrift hervor und kontrollierte meine Berechnungen.

‹Und darunter›, rief er. ‹Das *Und darunter* ist dir entgangen.›

Ich hatte geglaubt, daß wir hätten graben sollen, doch jetzt natürlich sah ich sofort, daß ich mich geirrt hatte. ‹Gibt es denn hier drunter einen Keller?› fragte ich.

‹Ja, und zwar seit es dieses Haus gibt. Hier hinunter, durch diese Tür.›

Wir stiegen eine steinerne Wendeltreppe hinab, und mein Begleiter entzündete mit einem Streichholz eine große Laterne, die in einer Ecke auf einem Faß stand. Augenblicklich war es klar, daß wir zuguterletzt doch an die richtige Stelle gelangt

and that we had not been the only people to visit the spot recently.

"It had been used for the storage of wood, but the billets, which had evidently been littered over the floor, were now piled at the sides, so as to leave a clear space in the middle. In this space lay a large and heavy flagstone with a rusted iron ring in the centre to which a thick shepherd's-check muffler was attached.

"‹By Jove!› cried my client. ‹That's Brunton's muffler, I have seen it on him and could swear to it. What has the villain been doing here?›

"At my suggestion a couple of the county police were summoned to be present, and I then endeavoured to raise the stone by pulling on the cravat. I could only move it slightly, and it was with the aid of one of the constables that I succeeded at last in carrying it to one side. A black hole yawned beneath into which we all peered, while Musgrave, kneeling at the side, pushed down the lantern.

"A small chamber about seven feet deep and four feet square lay open to us. At one side of this was a squat, brass-bound wooden box, the lid of which was hinged upward, with this curious old-fashioned key projecting from the lock. It was furred outside by a thick layer of dust, and damp and worms had eaten through the wood, so that a crop of livid fungi was growing on the inside of it. Several discs of metal, old coins apparently, such as I hold here, were scattered over the bottom of the box, but it contained nothing else.

"At the moment, however, we had no thought for the old chest, for our eyes were riveted upon that which crouched beside it. It was the figure of a man, clad in a suit of black, who squatted down upon his hams with his forehead sunk upon the edge of the box and his two arms thrown out on each side of it. The
102 attitude had drawn all the stagnant blood to the face,
103 and no man could have recognized that distorted

und daß wir nicht die einzigen waren, die in letzter Zeit diesen Platz aufgesucht hatten.

Er war als Holzlager benutzt worden, doch die Scheite, die offenbar durcheinander auf den Boden geworfen worden waren, lagen jetzt an den Seiten aufgestapelt, so daß in der Mitte ein freier Raum entstanden war. In diesem freien Raum befand sich eine große und schwere Steinplatte, die in der Mitte einen rostigen Eisenring hatte, an den ein dicker, mit Hirtenkaro gemusterter Schal gebunden war.

‹Oh Gott!› rief mein Mandant, ‹das ist Bruntons Schal. Ich habe gesehen, daß er ihn trug, ich könnte es beschwören. Was hat der verdammte Kerl sich hier zu schaffen gemacht?›

Auf meinen Vorschlag hin wurden ein paar Bezirkspolizisten als Bereitschaft herbeigeholt, dann versuchte ich den Stein zu heben, indem ich an dem Halstuch zog. Ich konnte ihn nur geringfügig bewegen, und erst mit der Hilfe einer der Gendarmen schaffte ich es schließlich, ihn zur Seite wegzuheben. Ein schwarzes Loch klaffte darunter, in das wir alle spähten, während Musgrave sich an den Rand kniete und die Laterne hinunterhielt.

Eine kleine Kammer, ungefähr 7 Fuß tief und 4 Fuß im Quadrat, lag offen vor uns. Darin stand an einer Seite eine gedrungene messingbeschlagene Holzkiste, deren Deckel aufgeklappt war und in deren Schloß dieser merkwürdige alte Schlüssel steckte. Außen war sie von einer dicken Staubschicht bedeckt, und Feuchtigkeit und Würmer hatten sich durch das Holz gefressen, so daß massenhaft Schwamm in ihrem Innern wuchs. Mehrere Metallplättchen – offensichtlich alte Münzen – so wie die, die ich hier habe, lagen auf dem Boden der Kiste verstreut, doch sonst enthielt sie nichts.

Zu jenem Zeitpunkt hatten wir allerdings keinen Gedanken für die alte Kiste übrig, denn unser Blick wurde gefesselt von dem, was neben ihr kauerte. Es war die Gestalt eines Mannes in einem schwarzen Anzug, der auf den Knieen lag, die Stirn auf den Kistenrand gesenkt hatte und dessen ausgestreckte Arme um ihre beiden Seitenwände lagen. Diese Haltung hatte alles stockende Blut in sein Gesicht getrieben, und kein Mensch würde diese verzerrten, rotangelaufenen Züge erkannt haben.

liver-coloured countenance; but his height, his dress, and his hair were all sufficient to show my client, when we had drawn the body up, that it was indeed his missing butler. He had been dead some days, but there was no wound or bruise upon his person to show how he had met his dreadful end. When his body had been carried from the cellar we found ourselves still confronted with a problem which was almost as formidable as that with which we had started.

"I confess that so far, Watson, I had been disappointed in my investigation. I had reckoned upon solving the matter when once I had found the place referred to in the Ritual; but now I was there, and was apparently as far as ever from knowing what it was which the family had concealed with such elaborate precautions. It is true that I had thrown a light upon the fate of Brunton, but now I had to ascertain how that fate had come upon him, and what part had been played in the matter by the woman who had disappeared. I sat down upon a keg in the corner and thought the whole matter carefully over.

"You know my methods in such cases, Watson. I put myself in the man's place, and, having first gauged his intelligence, I try to imagine how I should myself have proceeded under the same circumstances. In this case the matter was simplified by Brunton's intelligence being quite first-rate, so that it was unnecessary to make any allowance for the personal equation, as the astronomers have dubbed it. He knew that something valuable was concealed. He had spotted the place. He found that the stone which covered it was just too heavy for a man to move unaided. What would he do next? He could not get help from outside, even if he had someone whom he could trust, without the unbarring of doors and considerable risk of detection. It was better, if he could, to have his
104 helpmate inside the house. But whom could he ask?
105 This girl had been devoted to him. A man always

Doch seine Größe, seine Kleidung und sein Haar genügten völlig, um meinem Mandanten, als wir den Leichnam hochgezogen hatten, zu beweisen, daß es wirklich sein verschollener Butler war. Er war schon einige Tage tot, doch an dem Körper war weder eine Wunde oder eine Prellung, die erklärt hätten, auf welche Weise ihn sein schreckliches Ende getroffen hatte. Als der Leichnam aus dem Keller geschafft war, sahen wir uns noch immer einem Rätsel gegenüber, das fast ebenso irritierend war wie das, mit dem wir begonnen hatten.

Ich gebe zu, Watson, daß ich bislang von meinen Nachforschungen enttäuscht war. Ich hatte damit gerechnet, die Sache geklärt zu haben, wenn ich erst mal die Stelle gefunden hätte, auf die im Ritual hingewiesen war. Doch da stand ich nun, und anscheinend war ich so weit wie eh und je davon entfernt herauszufinden, was diese Familie mit solch komplizierten Vorsichtsmaßnahmen verborgen hatte. Gewiß, ich hatte Licht in Bruntons Schicksal gebracht, doch nun mußte ich ermitteln, wie dieses Schicksal ihn ereilt, und welche Rolle in diesem Zusammenhang das verschwundene Frauenzimmer gespielt hatte. Ich setzte mich in einer Ecke auf ein Faß nieder und überdachte sorgfältig die ganze Geschichte.

Sie kennen mein Verfahren in solchen Fällen, Watson: ich versetze mich in den betreffenden Menschen, und nachdem ich seine Geistesgaben taxiert habe, versuche ich mir vorzustellen, wie ich unter denselben Gegebenheiten vorgegangen wäre. Hier lag die Sache einfach, da Bruntons Intelligenz von höchstem Rang war, so daß es sich erübrigte, irgend einen Spielraum persönlicher Meßfehler – wie die Sternforscher es tituliert hätten – einzukalkulieren. Er wußte, daß etwas Wertvolles versteckt war. Er hatte den Ort ausfindig gemacht. Er merkte, daß der Stein, der darüberlag, für einen einzigen Mann gerade zu schwer war. Was würde er als nächstes tun? Von außerhalb konnte er, selbst wenn er jemanden gehabt hätte, dem er hätte trauen können, keine Hilfe bekommen, ohne Türen aufriegeln zu müssen und ohne die beträchtliche Gefahr, entdeckt zu werden. Es war besser, wenn irgend möglich, einen Helfer im Haus zu haben. Doch an wen konnte er sich wenden? Dieses Mädchen war ihm ergeben gewesen.

finds it hard to realize that he may have finally lost a woman's love, however badly he may have treated her. He would try by a few attentions to make his peace with the girl Howells, and then would engage her as his accomplice.

Together they would come at night to the cellar, and their united force would suffice to raise the stone. So far I could follow their actions as if I had actually seen them.

''But for two of them, and one a woman, it must have been heavy work, the raising of that stone. A burly Sussex policeman and I had found it no light job. What would they do to assist them? Probably what I should have done myself. I rose and examined carefully the different billets of wood which were scattered round the floor. Almost at once I came upon what I expected. One piece, about three feet in length, had a very marked indentation at one end, while several were flattened at the sides as if they had been compressed by some considerable weight. Evidently, as they had dragged the stone up, they had thrust the chunks of wood into the chink until at last when the opening was large enough to crawl through, they would hold it open by a billet placed lengthwise, which might very well become indented at the lower end, since the whole weight of the stone would press it down on to the edge of this other slab. So far I was still on safe ground.

''And now how was I to proceed to reconstruct this midnight drama? Clearly, only one could fit into the hole, and that one was Brunton. The girl must have waited above. Brunton then unlocked the box, handed up the contents presumably – since they were not to be found – and then – and then what happened?

''What smouldering fire of vengeance had suddenly sprung into flame in this passionate Celtic woman's soul when she saw the man who had wronged her – wronged her, perhaps, far more than

Ein Mann kann sich nie vorstellen, daß er, wie schlecht er eine Frau auch behandelt haben mag, wirklich ihre Liebe verloren haben soll. Er würde also versuchen, durch ein paar Aufmerksamkeiten sich mit dem Mädchen Howells zu versöhnen, und sie dann veranlassen, seine Mittäterin zu werden. Zusammen würden sie nachts in den Keller gehen, und ihre vereinten Kräfte würden ausreichen, den Stein zu heben. So weit konnte ich ihren Handlungen folgen, als ob ich sie wirklich beobachtet hätte.

Doch selbst für alle beide – sie war schließlich eine Frau – muß es Schwerarbeit gewesen sein, den Stein zu heben. Ein stämmiger Polizist aus Sussex und ich hatten es nicht als leichte Arbeit empfunden. Was würden sie als Hilfsmittel nehmen? Wahrscheinlich das gleiche, das auch ich genommen hätte. Ich stand auf und prüfte eingehend die verschiedenen Holzscheite, die rings auf dem Boden herumlagen. Im Nu fand ich, auf was ich gefaßt war. Ein ungefähr drei Fuß langes Scheit trug an einem Ende eine auffallend tiefe Einkerbung, während ein paar andere an den Seiten flachgedrückt waren, als wären sie durch ein beachtliches Gewicht belastet gewesen. Offensichtlich hatten die beiden, während sie den Stein hochzogen, die Holzklötze in den Spalt geschoben, bis sie schließlich die Öffnung, als sie groß genug zum Hindurchkriechen war, durch ein senkrecht aufgestelltes Scheit sicherten, das sehr wohl am unteren Ende eine Kerbe abbekommen konnte, da das ganze Gewicht des Steines es gegen die Kante des Einfassungsringes drückte. So weit befand ich mich noch auf verläßlichem Boden.

Doch wie sollte ich jetzt vorgehen, um dieses mitternächtliche Trauerspiel nachzuzeichnen? Klar war, daß nur einer in dieses Loch paßte, und dieser eine war Brunton gewesen. Das Mädchen muß droben gewartet haben. Dann schloß Brunton die Kiste auf, reichte ihren Inhalt hinauf – vermutlich, denn er war ja nicht mehr vorhanden –, und dann, was geschah dann?

Was für ein schwelendes Feuer der Rache flackerte plötzlich in der Seele dieser leidenschaftlichen keltischen Frau auf, als sie den Mann, der sie betrogen hatte – vielleicht viel mehr

we suspected – in her power? Was it a chance that the wood had slipped and that the stone had shut Brunton into what had become his sepulchre? Had she only been guilty of silence as to his fate? Or had some sudden blow from her hand dashed the support away and sent the slab crashing down into its place? Be that as it might, I seemed to see that woman's figure still clutching at her treasure trove and flying wildly up the winding stair, with her ears ringing perhaps with the muffled screams from behind her and with the drumming of frenzied hands against the slab of stone which was choking her faithless lover's life out.

"Here was the secret of her blanched face, her shaken nerves, her peals of hysterical laughter on the next morning. But what had been in the box? What had she done with that? Of course, it must have been the old metal and pebbles which my client had dragged from the mere. She had thrown them in there at the first opportunity to remove the last trace of her crime.

"For twenty minutes I had sat motionless, thinking the matter out. Musgrave still stood with a very pale face, swinging his lantern and peering down into the hole.

"‹These are coins of Charles the First,› said he, holding out the few which had been in the box; ‹you see we were right in fixing our date for the Ritual.›

"‹We may find something else of Charles the First,› I cried, as the probable meaning of the first two questions of the Ritual broke suddenly upon me. ‹Let me see the contents of the bag which you fished from the mere.›

"We ascended to his study, and he laid the débris before me. I could understand his regarding it as of small importance when I looked at it, for the metal was almost black and the stones lustreless and dull.
108 I rubbed one of them on my sleeve, however, and it
109 glowed afterwards like a spark in the dark hollow of

betrogen, als wir vermuteten – in ihrer Gewalt sah? Geschah es zufällig, daß das Holz abrutschte und der Stein Brunton einschloß in das, was nun sein Grab geworden war? Bestand ihre Schuld nur darin, daß sie über sein Schicksal schwieg? Oder hatte ein plötzlicher Schlag von ihrer Hand die Stütze weggestoßen und die Steinplatte an ihren Platz niederkrachen lassen? Sei es wie es wolle, ich meinte die Gestalt dieser Frau zu sehen, die den Schatzfund umklammert hielt und in wilder Hast die Wendeltreppe hinauffloh – in den Ohren vielleicht die gedämpften Schreie von dort unten und das Getrommel rasender Fäuste gegen die Steinplatte, die das Leben ihres treulosen Liebhabers erstickte.

Das war das Geheimnis ihres bleichen Gesichtes, ihrer angegriffenen Nerven, ihrer überspannten Lachausbrüche am nächsten Morgen. Doch was war in der Kiste gewesen? Was hatte sie damit gemacht? Natürlich mußte es dieses alte Metall und die Steine gewesen sein, die mein Mandant aus dem Teich gezogen hatte. Bei erster Gelegenheit hatte sie die Sachen dort hineingeworfen, um die letzte Spur des Verbrechens zu tilgen.

Zwanzig Minuten lang hatte ich regungslos gesessen und mir alles durch den Kopf gehen lassen. Musgrave spähte immer noch mit sehr bleichem Gesicht in das Loch hinunter und ließ die Lampe hin und herpendeln.

‹Dies hier sind Münzen aus der Zeit Karls I.›, sagte er und hielt mir die wenigen hin, die in der Kiste verblieben waren. ‹Also hatten wir recht mit der Bestimmung des Entstehungsdatums für das Ritual.›

‹Vielleicht finden wir noch etwas anderes von Karl I.›, rief ich, als die mögliche Bedeutung der ersten beiden Fragen des Rituals mir dämmerte. ‹Zeig mir den Inhalt des Beutels, den du aus dem Teich gefischt hast.›

Wir gingen hinauf in sein Arbeitszimmer, und er breitete das Gerümpel vor mir aus. Ich verstand nun, als ich es sah, daß er ihm keine große Bedeutung beigemessen hatte, denn das Metall war fast schwarz, und die Steine waren glanzlos und dunkel. Ich rieb jedoch einen davon an meinem Ärmel, und er glänzte danach in der dunklen Höhlung mei-

my hand. The metal work was in the form of a double ring, but it had been bent and twisted out of its original shape.

"‹You must bear in mind,› said I, ‹that the royal party made head in England even after the death of the king, and that when they at last fled they probably left many of their most precious possessions buried behind them, with the intention of returning for them in more peaceful times.›

"‹My ancestor, Sir Ralph Musgrave, was a prominent cavalier and the righthand man of Charles the Second in his wanderings,› said my friend.

"‹Ah, indeed!› I answered. ‹Well now, I think that really should give us the last link that we wanted. I must congratulate you on coming into the possession, though in rather a tragic manner, of a relic which is of great intrinsic value, but of even greater importance as a historical curiosity.›

"‹What is it, then?› he gasped in astonishment.

"‹It is nothing less than the ancient crown of the kings of England.›

"‹The crown!›

"‹Precisely. Consider what the Ritual says. How does it run? *Whose was it? His who is gone.* That was after the execution of Charles. Then, *Who shall have it? He who will come.* That was Charles the Second, whose advent was already foreseen. There can, I think, be no doubt that this battered and shapeless diadem once encircled the brows of the royal Stuarts.›

"‹And how came it in the pond?›

"‹Ah, that is a question that will take some time to answer.› And with that I sketched out to him the whole long chain of surmise and of proof which I had constructed. The twilight had closed in and the moon was shining brightly in the sky before my narrative
110 was finished.
111 "‹And how was it then that Charles did not get his

ner Hand wie ein Funke. Der Gegenstand aus Metall war ein Doppelreif, doch die ursprüngliche Form war krumm und verbogen.

‹Man darf nicht vergessen›, sagte ich, ‹daß der Anhang des Königs auch nach dem Tod Karls I. in England ziemlichen Rückhalt hatte und daß er, als er schließlich doch floh, wahrscheinlich viel von seinem kostbarsten Besitz vergraben zurückließ, in der Absicht, es sich in friedlicheren Zeiten wiederzuholen.›

‹Mein Vorfahr, Sir Ralph Musgrave, war ein angesehener Edelmann und die Vertrauensperson Karls II. während seiner Irrfahrten›, sagte mein Freund.

‹Aha!› antwortete ich. ‹Damit haben wir nun wohl das letzte Glied bekommen, das wir noch brauchten. Ich gratuliere dir: Du bist, wenn auch auf eine recht erschütternde Weise, in den Besitz eines antiken Gegenstandes gelangt, der von echter großer Kostbarkeit, aber als eine geschichtliche Rarität von noch größerer Bedeutung ist.›

‹Was ist es denn?› sagte er tiefatmend und verwundert.

‹Es ist nichts geringeres als die einstige Krone der Könige von England.›

‹Die Krone!›

‹Gewiß. Bedenke, was das Ritual sagt. Wie lautet es? *Wessen war es? Dessen, der verging*. Das war nach Karls Hinrichtung. Dann *Wem soll es gehören? Dem, der kommen wird.* Das war Karl II., dessen Eintreffen schon vorausgeahnt wurde. Es kann, glaube ich, keinen Zweifel geben, daß dieser verbeulte und aus der Form geratene Stirnschmuck einst die Häupter der Stuart-Könige umkränzt hat.›

‹Und wie ist es in den Weiher geraten?›

‹Ja, das ist eine Frage, die nicht auf einen Schlag zu beantworten ist›, und nun skizzierte ich ihm die ganze lange Kette von Mutmaßungen und Beweisen, die ich mir zurechtgelegt hatte. Die Dämmerung war hereingebrochen und der Mond stand hell am Himmel, bevor mein Erzählen ein Ende gefunden hatte.

‹Und wie kam es, daß Karl nach seiner Rückkehr seine Krone

crown when he returned?› asked Musgrave, pushing back the relic into its linen bag.

"‹Ah, there you lay your finger upon the one point which we shall probably never be able to clear up. It is likely that the Musgrave who held the secret died in the interval, and by some oversight left this guide to his descendant without explaining the meaning of it. From that day to this it has been handed down from father to son, until at last it came within reach of a man who tore its secret out of it and lost his life in the venture.›

"And that's the story of the Musgrave Ritual, Watson. They have the crown down at Hurlstone – though they had some legal bother and a considerable sum to pay before they were allowed to retain it. I am sure that if you mentioned my name they would be happy to show it to you. Of the woman nothing was ever heard, and the probability is that she got away out of England and carried herself and the memory of her crime to some land beyond the seas."

nicht erhielt?› fragte Musgrave und steckte das alte Stück zurück in seinen Leinenbeutel.

‹Ja, hier legst du den Finger auf den einzigen Punkt, den wir wahrscheinlich niemals aufklären können. Es ist denkbar, daß der Musgrave, dem das Geheimnis anvertraut war, in der Zwischenzeit starb und durch ein Versehen diesen Leitfaden seinen Nachfahren hinterließ, ohne dessen Sinn zu erklären. Von jenem Tag an bis heute ist er vom Vater auf den Sohn übergegangen, bis er schließlich in die Hände eines Mannes kam, der das Geheimnis ans Licht zerrte und bei diesem Wagnis sein Leben verlor.›

Das ist also die Geschichte vom Ritual der Musgrave, Watson. Die Krone haben sie in Hurlstone aufbewahrt – obwohl einige rechtliche Hindernisse zu überwinden waren und sie eine beträchtliche Summe zahlen mußten, bevor sie sie behalten durften. Ganz bestimmt wird man sie Ihnen, wenn Sie meinen Namen erwähnen, gerne zeigen. Über die Frau hat man nie etwas in Erfahrung gebracht. Aller Wahrscheinlichkeit nach hat sie England verlassen und sich mit der Erinnerung an ihr Verbrechen fortbegeben, in ein Land jenseits der Meere.»

I had called upon my friend, Mr. Sherlock Holmes, one day in the autumn of last year and found him in deep conversation with a very stout, florid-faced, elderly gentleman with fiery red hair. With an apology for my intrusion, I was about to withdraw when Holmes pulled me abruptly into the room and closed the door behind me.

"You could not possibly have come at a better time, my dear Watson," he said cordially.

"I was afraid that you were engaged."

"So I am. Very much so."

"Then I can wait in the next room."

"Not at all. This gentleman, Mr. Wilson, has been my partner and helper in many of my most successful cases, and I have no doubt that he will be of the utmost use to me in yours also."

The stout gentleman half rose from his chair and gave a bob of greeting, with a quick little questioning glance from his small, fat-encircled eyes.

"Try the settee," said Holmes, relapsing into his armchair and putting his fingertips together, as was his custom when in judicial moods. "I know, my dear Watson, that you share my love of all that is bizarre and outside the conventions and humdrum routine of everyday life. You have shown your relish for it by the enthusiasm which has prompted you to chronicle, and, if you will excuse my saying so, somewhat to embellish so many of my own little adventures."

"Your cases have indeed been of the greatest interest to me," I observed.

"You will remember that I remarked the other day,
just before we went into the very simple problem
114 presented by Miss Mary Sutherland, that for strange
115 effects and extraordinary combinations we must go to

DER VEREIN DER ROTHAARIGEN

An einem Tag im Herbst vergangenen Jahres schaute ich bei meinem Freund Mr. Sherlock Holmes vorbei und fand ihn in konzentrierter Unterhaltung mit einem älteren Herrn. Der war von sehr untersetzter Gestalt, hatte frische Gesichtsfarben und leuchtend rote Haare. Mit einer Entschuldigung für mein Eindringen wollte ich mich zurückziehen, als Holmes mich unvermittelt ins Zimmer zog und die Tür hinter mir schloß.

«Sie hätten zu keinem denkbar besseren Zeitpunkt kommen können, mein lieber Watson», sagte er herzlich.

«Ich fürchtete, Sie seien beschäftigt.»

«Das bin ich auch. Sogar sehr.»

«Dann werde ich im Nebenzimmer warten.»

«Keinesfalls. Dieser Herr hier, Mr. Wilson, war mir Begleiter und Helfer in vielen meiner erfolgreichsten Fälle; ich zweifle nicht daran, daß er auch in Ihrem Fall von höchstem Nutzen sein wird.»

Der untersetzte Herr erhob sich halb vom Stuhl, und mit knapper Grußgeste warf er mir einen schnellen, kurzen, fragenden Blick aus seinen kleinen, fettgepolsterten Augen zu.

«Nehmen Sie doch bitte auf dem Sofa Platz», sagte Holmes, ließ sich in seinen Sessel zurückfallen und legte die Fingerspitzen aneinander, wie er es in kritischen Momenten zu tun pflegte. «Ich weiß, mein lieber Watson, Sie teilen meine Vorliebe für alles, was eigentümlich und außerhalb der Gepflogenheiten und des langweiligen Trotts im täglichen Leben ist. Ihr Wohlgefallen daran haben Sie bewiesen durch den Eifer, den Drang, mit dem Sie so viele meiner kleinen Abenteuer aufzeichnen, und, wenn Sie verzeihen wollen, auf Ihre Weise ausschmücken.»

«Ihre Fälle haben mich in der Tat aufs höchste fasziniert», gab ich zu.

«Sie erinnern sich gewiß, daß ich neulich die Bemerkung machte, kurz bevor wir uns mit dem sehr einfachen Auftrag von Miss Mary Sutherland befaßten, daß wir, um auf merkwürdige Geschehnisse und außerordentliche Zusammenhänge

life itself, which is always far more daring than any effort of the imagination."

"A proposition which I took the liberty of doubting."

"You did, Doctor, but none the less you must come round to my view, for otherwise I shall keep on piling fact upon fact on you until your reason breaks down under them and acknowledges me to be right. Now, Mr. Jabez Wilson here has been good enough to call upon me this morning, and to begin a narrative which promises to be one of the most singular which I have listened to for some time. You have heard me remark that the strangest and most unique things are very often connected not with the larger but with the smaller crimes, and occasionally, indeed, where there is room for doubt whether any positive crime has been committed. As far as I have heard it is impossible for me to say whether the present case is an instance of crime or not, but the course of events is certainly among the most singular that I have ever listened to. Perhaps, Mr. Wilson, you would have the great kindness to recommence your narrative. I ask you not merely because my friend Dr. Watson has not heard the opening part but also because the peculiar nature of the story makes me anxious to have every possible detail from your lips. As a rule, when I have heard some slight indication of the course of events, I am able to guide myself by the thousands of other similar cases which occur to my memory. In the present instance I am forced to admit that the facts are, to the best of my belief, unique."

The portly client puffed out his chest with an appearance of some little pride and pulled a dirty and wrinkled newspaper from the inside pocket of his greatcoat. As he glanced down the advertisement column, with his head thrust forward and the paper
116 flattened out upon his knee, I took a good look at the
117 man and endeavoured, after the fashion of my

zu stoßen, nur an das eigentliche Leben herangehen müssen, das immer weit kühner ist als alle Vorstellungsversuche.»

«Eine Behauptung, die anzuzweifeln ich mir die Freiheit nahm.»

«Das taten Sie, Doktor, doch ob Sie wollen oder nicht, Sie werden sich zu meiner Ansicht bekehren; anderenfalls werde ich weiter Tatsache um Tatsache auf sie türmen, bis Ihre Art Vernünftigkeit darunter zusammenbricht und mir zuerkennt, daß ich recht habe. Nun zur Sache. Dieser Herr hier, Mr. Jabez Wilson, war so gütig, mich heute Vormittag aufzusuchen und eine Erzählung anzufangen, die verspricht, eine der absonderlichsten zu sein, die ich seit längerer Zeit vernommen habe. Sie haben mich einmal sagen hören, daß die merkwürdigsten und tollsten Dinge sehr häufig nicht bei den größeren Verbrechen, sondern bei den kleineren auftreten und gelegentlich sogar dort, wo es Anlaß zum Zweifel gibt, ob überhaupt ein wirkliches Verbrechen vorliegt. Mit dem, was ich bis jetzt erfahren habe, ist es mir unmöglich zu beurteilen, ob der vorliegende Fall ein Kriminalfall ist oder nicht, doch bestimmt ist die Abfolge von Geschehnissen das Seltsamste, was mir je zu Ohren gekommen ist. Haben Sie doch bitte die Freundlichkeit, Mr. Wilson, Ihren Bericht nocheinmal zu beginnen. Ich erbitte das nicht nur deswegen, weil mein Freund Dr. Watson den Anfang nicht gehört hat, sondern auch deshalb, weil der absonderliche Charakter Ihrer Geschichte mich begierig auf jede noch so kleine Einzelheit aus Ihrem Munde macht. Normalerweise, wenn ich ein paar flüchtige Hinweise über den Verlauf des Geschehens erhalten habe, kann ich mich selbst durchfinden mit Hilfe unzähliger anderer ähnlicher Fälle, die mir in Erinnerung kommen. Doch im vorliegendem Fall muß ich leider zugeben, daß die Umstände nach meinem besten Wissen einzigartig sind.»

Der korpulente Mandant, dem offenbar ein nicht geringer Stolz die Brust schwellte, zog eine schmutzige und zerknitterte Zeitung aus der Innentasche seines Mantels. Als er mit vorgebeugtem Kopf in der aufgeschlagenen Zeitung auf seinen Knien die Anzeigenspalte überflog, musterte ich den Mann gründlich und versuchte, nach der Art meines Freundes, die

companion, to read the indications which might be presented by his dress or appearance.

I did not gain very much, however, by my inspection. Our visitor bore every mark of being an average commonplace British tradesman, obese, pompous, and slow. He wore rather baggy gray shepherd's check trousers, a not over-clean black frock-coat, unbuttoned in the front, and a drab waistcoat with a heavy brassy Albert chain, and a square pierced bit of metal dangling down as an ornament. A frayed top-hat and a faded brown overcoat with a wrinkled velvet collar lay upon a chair beside him. Altogether, look as I would, there was nothing remarkable about the man save his blazing red head, and the expression of extreme chagrin and discontent upon his features.

Sherlock Holmes's quick eye took in my occupation, and he shook his head with a smile as he noticed my questioning glances. "Beyond the obvious facts that he has at some time done manual labour, that he takes snuff, that he is a Freemason, that he has been in China, and that he has done a considerable amount of writing lately, I can deduce nothing else."

Mr. Jabez Wilson started up in his chair, with his forefinger upon the paper, but his eyes upon my companion.

"How, in the name of good-fortune, did you know all that, Mr. Holmes?" he asked. "How did you know, for example, that I did manual labour? It's as true as gospel, for I began as a ship's carpenter."

"Your hands, my dear sir. Your right hand is quite a size larger than your left. You have worked with it, and the muscles are more developed."

"Well, the snuff, then, and the Freemasonry?"

"I won't insult your intelligence by telling you how I read that, especially as, rather against the strict rules of your order, you use an arc-and-compass breastpin."

Besonderheiten zu erkennen, die sich möglicherweise durch Kleidung oder Erscheinung boten.

Meine Überprüfung war nicht sehr ergiebig. Unser Besucher wies jedes Merkmal eines absolut durchschnittlichen britischen Kleinhändlers auf, fettleibig, wichtigtuerisch und träge. Er trug ziemlich ausgebeulte graue, mit Hirtenkaro gemusterte Hosen, einen nicht übermäßig sauberen schwarzen Gehrock, der nicht zugeknöpft war, und eine sandfarbene Weste, dazu eine schwere kurze Uhrkette aus Messing, an der ein quadratisches durchlöchertes Metallstück als Schmuck baumelte. Ein verschlissener Zylinder und ein verschossener brauner Umhang mit zerknittertem Samtkragen lagen über einem Stuhl neben ihm. Beim besten Willen: es war durchaus nichts Bemerkenswertes an diesem Mann mit Ausnahme seines leuchtend roten Schopfes und seiner zutiefst kummervollen und mißvergnügten Miene.

Sherlock Holmes' schnelles Auge bemerkte, was ich tat, und er schüttelte lächelnd den Kopf, als er meine fragenden Blicke sah. «Abgesehen von den offensichtlichen Gegebenheiten, daß Mr. Wilson zu irgend einer Zeit körperliche Arbeit geleistet hat, daß er schnupft, Freimaurer ist, einmal in China war und kürzlich ein beträchtliches Maß an Schreibarbeit geleistet hat, kann ich eigentlich nichts folgern.»

Mr. Jabez Wilson fuhr in seinem Stuhl auf. Den Zeigefinger hielt er auf der Zeitung, doch die Augen waren auf meinen Gefährten gerichtet.

«Woher um alles in der Welt wissen Sie das, Mr. Holmes?» fragte er. «Woher wissen Sie zum Beispiel, daß ich körperliche Arbeit geleistet habe? Es ist so wahr wie das Evangelium, denn ich habe als Schiffszimmermann begonnen.»

«Ihre Hände, geehrter Herr. Ihre rechte Hand ist ein gutes Stück größer, als Ihre linke. Sie haben mit ihr gearbeitet, und die Muskeln sind kräftiger entwickelt.»

«Nun gut, doch daß ich schnupfe und Freimaurer bin?»

«Ich möchte Sie nicht in Ihrem Scharfsinn kränken, indem ich Ihnen sage, wie ich das herausgefunden habe, besonders da Sie, entgegen den strengen Regeln Ihres Ordens, das Winkelmaß-und-Zirkel-Zeichen als Brustnadel tragen.»

"Ah, of course, I forgot that. But the writing?"

"What else can be indicated by that right cuff so very shiny for five inches, and the left one with the smooth patch near the elbow where you rest it upon the desk?"

"Well, but China?"

"The fish that you have tattooed immediately above your right wrist could only have been done in China. I have made a small study of tattoo marks and have even contributed to the literature of the subject. That trick of staining the fishes' scales of a delicate pink is quite peculiar to China. When, in addition, I see a Chinese coin hanging from your watch-chain, the matter becomes even more simple."

Mr. Jabez Wilson laughed heavily. "Well, I never!" said he "I thought at first that you had done something clever, but I see that there was nothing in it, after all."

"I begin to think, Watson," said Holmes, "that I make a mistake in explaining. *Omne ignotum pro magnifico*, you know, and my poor little reputation, such as it is, will suffer shipwreck if I am so candid. Can you not find the advertisement, Mr. Wilson?"

"Yes, I have got it now," he answered with his thick red finger planted halfway down the column. "Here it is. This is what began it all. You just read it for yourself, sir."

I took the paper from him and read as follows:

To the Red-headed League: On account of the bequest of the late Ezekiah Hopkins, of Lebanon, Pennsylvania, U.S.A., there is now another vacancy open which entitles a member of the League to a salary of £4 a week for purely nominal services. All red-headed men who are sound in body and mind, and above the age of twenty-one years, are eligible. Apply in person
120 *on Monday, at eleven o'clock, to Duncan Ross, at*
121 *the offices of the League, 7 Pope's Court, Fleet Street.*

«Ah ja, natürlich, ich vergaß das. Doch die Schreibarbeit?»

«Was sonst sollte es bedeuten, daß Ihre rechte Stulpe auf fünf Inches Breite so glänzend ist und daß die linke eine kahle Stelle nahe dem Ellbogen hat, wo Sie sich aufs Pult stützen?»

«Nun gut, aber China?»

«Der Fisch, den Sie gleich oberhalb Ihrer Handwurzel eintätowiert tragen, kann nur in China gemacht worden sein. Ich habe mich einmal ein wenig mit Tätowierungszeichen beschäftigt und sogar zur Literatur über dieses Thema beigetragen. Die Technik, in der die Schuppen des Fisches zart rosa gefärbt sind, ist ganz typisch für China. Wenn ich überdies eine chinesische Münze an Ihrer Uhrkette hängen sehe, dann liegt die Sache sogar noch einfacher.»

Mr. Jabez Wilson lachte träge. «Nein, so was!» sagte er. «Anfangs dachte ich, Sie hätten irgendeinen Trick angewandt, doch jetzt sehe ich, daß gar nichts Besonderes dabei war.»

«Ich beginne zu glauben, Watson», sagte Holmes, «daß ich mit meinen Erklärungen einen Fehler begehe. *Omne ignotum pro magnifico* (Alles Rätselhafte wirkt großartig), nicht wahr, und mein klein bißchen Ansehen wird, so wie es sich verhält, Schiffbruch erleiden, wenn ich mich so offen gebe. Können Sie die Anzeige nicht finden, Mr. Wilson?»

«Doch, jetzt habe ich sie gefunden», antwortete er und pflanzte seinen dicken roten Finger auf die Mitte der Spalte. «Hier ist sie. Damit hat alles begonnen. Lesen Sie es nur selber, Sir.»

Ich ließ mir die Zeitung geben und las folgendes:

In Sachen «Verein der Rothaarigen»: Gemäß dem Vermächtnis des verstorbenen Ezekiah Hopkins aus Lebanon, Pennsylvania, U.S.A., ist jetzt eine weitere Stelle geschaffen worden, welche einem Mitglied des Vereins den Bezug eines Gehaltes von vier Pfund pro Woche für rein nominelle Dienste ermöglicht. Alle rothaarigen Männer, die gesund an Körper und Geist und über 21 Jahre alt sind, sind wählbar. Melden Sie sich persönlich am Montag um 11 Uhr bei Duncan Ross im Kontor des Vereins, 7 Pope's Court, Fleet Street.»

"What on earth does this mean?" I ejaculated after I had twice read over the extraordinary announcement.

Holmes chuckled and wriggled in his chair, as was his habit when in high spirits. "It is a little off the beaten track, isn't it?" said he. "And now, Mr. Wilson, off you go at scratch and tell us all about yourself, your household, and the effect which this advertisement had upon your fortunes. You will first make a note, Doctor, of the paper and the date."

"It is *The Morning Chronicle* of April 27, 1890. Just two months ago."

"Very good. Now, Mr. Wilson?"

"Well, it is just as I have been telling you, Mr. Sherlock Holmes," said Jabez Wilson, mopping his forehead; "I have a small pawnbroker's business at Coburg Square, near the City. It's not a very large affair, and of late years it has not done more than just give me a living. I used to be able to keep two assistants, but now I only keep one; and I would have a job to pay him but that he is willing to come for half wages so as to learn the busineess."

"What is the name of this obliging youth?" asked Sherlock Holmes.

"His name is Vincent Spaulding, and he's not such a youth, either. It's hard to say his age. I should not wish a smarter assistant, Mr. Holmes; and I know very well that he could better himself and earn twice what I am able to give him. But, after all, if he is satisfied, why should I put ideas in his head?"

"Why, indeed? You seem most fortunate in having an employee who comes under the full market price. It is not a common experience among employers in this age. I don't know that your assistant is not
122 as remarkable as your advertisement."

123 "Oh, he has his faults, too," said Mr. Wilson.

«Was um alles in der Welt soll das bedeuten?» stieß ich hervor, nachdem i-ch die ungewöhnliche Anzeige zweimal durchgelesen hatte.

Holmes in seinem Sessel kringelte sich vor glucksendem Lachen, wie immer, wenn ihn etwas erheiterte. «Das ist einigermaßen ausgefallen, nicht wahr?» sagte er. «Und jetzt, Mr. Wilson, schießen Sie los und erzählen Sie uns von Anfang an alles über sich selbst, Ihre Lebensumstände und die Auswirkung, die diese Anzeige auf Ihr Geschick gehabt hat. Sehen Sie noch eben nach, Doktor, welche Zeitung es ist und von welchem Datum.»

«Es ist ‹The Morning Chronicle› vom 27. April 1890. Genau vor zwei Monaten.»

«Sehr gut. Also los, Mr. Wilson.»

«Nun, es verhält sich so, wie ich Ihnen vorhin erzählte, Mr. Sherlock Holmes», sagte Jabez Wilson und wischte sich die Stirn. «Ich bin Pfandleiher und habe ein kleines Geschäft am Coburg Square nahe der City. Es ist nichts Bedeutendes und hat in den letzten Jahren nicht mehr als meinen Lebensunterhalt eingebracht. Früher konnte ich mir zwei Gehilfen halten, doch jetzt habe ich nur noch einen, und ich hätte Mühe ihn zu bezahlen, wenn er nicht zum halben Lohn käme, um das Gewerbe zu erlernen.»

«Wie heißt dieser gefällige junge Mensch?» fragte Sherlock Holmes.

«Er heißt Vincent Spaulding, und cigentlich ist er nicht so jung. Sein Alter ist schwer zu bestimmen. Ich könnte mir keinen aufgeweckteren Gehilfen wünschen, Mr. Holmes, und mir ist völlig klar, daß er sich aufbessern und zweimal so viel verdienen könnte, als ich in der Lage bin, ihm zu geben. Doch wie dem auch sei, wenn er zufrieden ist, warum sollte ich solche Vorstellungen in ihm wecken?»

«Ja, warum auch? Sie haben großes Glück gehabt mit einem Angestellten, der nicht den vollen Marktwert verlangt. Das ist nicht die übliche Erfahrung der Arbeitgeber in unserer Zeit. Es kommt mir vor, als sei Ihr Gehilfe ebenso bemerkenswert wie Ihre Anzeige.»

«Oh, er hat schon seine Fehler», sagte Mr. Wilson. «Es hat

"Never was such a fellow for photography. Snapping away with a camera when he ought to be improving his mind, and then diving down into the cellar like a rabbit into its hole to develop his pictures. That is his main fault, but on the whole he's a good worker. There's no vice in him."

"He is still with you, I presume?"

"Yes, sir. He and a girl of fourteen, who does a bit of simple cooking and keeps the place clean – that's all I have in the house, for I am a widower and never had any family. We live very quietly, sir, the three of us; and we keep a roof over our heads and pay our debts, if we do nothing more.

"The first thing that put us out was that advertisement. Spaulding, he came down into the office just this day eight weeks, with this very paper in his hand, and he says:

"‹I wish to the Lord, Mr. Wilson, that I was a red-headed man.›

"‹Why that?› I asks.

"‹Why,› says he, ‹here's another vacancy on the League of the Red-headed Men. It's worth quite a little fortune to any man who gets it, and I understand that there are more vacancies than there are men, so that the trustees are at their wits' end what to do with the money. If my hair would only change colour, here's a nice little crib all ready for me to step into.›

"‹Why, what is it, then?› I asked. You see, Mr. Holmes, I am a very stay-at-home man, and as my business came to me instead of my having to go to it, I was often weeks on end without putting my foot over the door-mat. In that way I didn't know much of what was going on outside, and I was always glad of a bit of news.

"‹Have you never heard of the League of the
124 Red-headed Men?› he asked with his eyes open.
125 "‹Never.›

nie einen Menschen gegeben, der versessener aufs Fotografieren war. Er macht sich mit seiner Kamera auf und davon, wenn er seine Kenntnisse vertiefen sollte, und danach stürzt er hinunter in den Keller wie ein Kaninchen in seinen Bau, um seine Bilder zu entwickeln. Das ist sein Hauptfehler, doch im Ganzen gesehen ist er ein guter Arbeiter. Wirkliche Untugenden hat er nicht.»

«Er ist immer noch bei Ihnen?»

«Ja, Sir. Er und ein vierzehnjähriges Mädchen, das ein bißchen einfache Küchenarbeit macht und die Räume sauber hält. Mehr sind bei mir nicht im Haus, denn ich bin Witwer und hatte nie Familie. Wir leben sehr zurückgezogen, wir drei. Und wenn wir schon sonst nichts zuwegebringen, so haben wir doch ein Dach überm Kopf und bezahlen unsere Schulden.

Das erste, was uns die Ruhe nahm, das war jene Anzeige. Spaulding war es, der genau heute vor acht Wochen ins Büro kam mit eben dieser Zeitung in der Hand und sagte:

‹Ich wünschte bei Gott, Mr. Wilson, ich wäre ein rothaariger Mann.›

‹Warum das?› fragte ich.

‹Nun›, sagte er, ‹es ist wieder ein Platz frei geworden im Verein der Rothaarigen. Er ist ganz hübsch was wert für jemanden, der ihn bekommt, und ich habe mir sagen lassen, daß es mehr Freiplätze gibt als Bewerber, so daß die Treuhänder am Ende ihrer Weisheit sind und nicht wissen, was sie mit dem Geld anfangen sollen. Wenn meine Haare sich doch verfärben würden, da stünde für mich eine hübsche kleine Raufe bereit, an die ich nur herantreten müßte.›

‹Nun, um was handelt es sich denn?› fragte ich. Sie müssen wissen, Mr. Holmes, daß ich ein rechter Stubenhocker bin, und da meine Geschäfte zu mir kommen, statt daß ich mich zu ihnen hinbegeben muß, habe ich oft endlose Wochen meinen Fuß nicht vor die Tür gesetzt. Deshalb erfuhr ich nicht viel über das, was sich draußen zutrug und ich war immer dankbar für Neuigkeiten.

‹Haben Sie noch nie vom Verein der Rothaarigen gehört?› fragte Spaulding mit erstaunten Augen.

‹Nein.›

"‹Why, I wonder at that, for you are eligible yourself for one of the vacancies.›

"‹And what are they worth?› I asked.

"‹Oh, merely a couple of hundred a year, but the work is slight, and it need not interfere very much with one's other occupations.›

"Well, you can easily think that that made me prick up my ears, for the business has not been over-good for some years, and a extra couple of hundred would have been very handy.

"‹Tell me all about it,› said I.

"‹Well,› said he, showing me the advertisement, ‹you can see for yourself that the League has a vacancy, and there is the address where you should apply for particulars. As far as I can make out, the League was founded by an American millionaire, Ezekiah Hopkins, who was very peculiar in his ways. He was himself red-headed, and he had a great sympathy for all red-headed men; so when he died it was found that he had left his enormous fortune in the hands of trustees, with instructions to apply the interest to the providing of easy berths to men whose hair is of that colour. From all I hear it is splendid pay and very little to do.›

"‹But,› said I, ‹there would be millions of red-headed men who would apply.›

"‹Not so many as you might think,› he answered. ‹You see it is really confined to Londoners, and to grown men. This American had started from London when he was young, and he wanted to do the old town a good turn. Then, again, I have heard it is no use your applying if your hair is light red, or dark red, or anything but real bright, blazing, fiery red. Now, if you cared to apply, Mr. Wilson, you would just walk in; but perhaps it would hardly be worth your while to put yourself out of the way for the sake of a few
126 hundred pounds.›

127 "Now, it is a fact, gentlemen, as you may see for

‹Aber das wundert mich, denn Sie selber wären ja für einen der Freiplätze wählbar.›

‹Und was hat man davon?› fragte ich.

‹Oh, bloß ein paar Hunderter im Jahr. Noch dazu ist die Arbeit leicht und muß nicht unbedingt andere Berufspflichten, die man hat, beeinträchtigen.›

Nun, Sie werden sich denken können, daß ich hellhörig wurde, denn das Geschäft war schon seit einigen Jahren nicht übermäßig gewesen und ein paar zusätzliche Hunderter wären mir sehr zustatten gekommen.

‹Erzählen Sie nur alles›, sagte ich.

‹Nun›, fuhr er fort und zeigte mir die Anzeige, ‹Sie können sich selbst überzeugen, daß der Verein einen Freiplatz hat, und hier ist die Adresse, bei der man Näheres in Erfahrung bringen kann. Soweit ich verstehe, wurde der Verein von einem amerikanischen Millionär namens Ezekiah Hopkins gegründet, der auf seine Weise recht sonderbar gewesen sein muß. Er war selber rothaarig und hatte große Zuneigung zu allen Rothaarigen. Als er dann starb, stellte sich heraus, daß er sein riesiges Vermögen in die Hände von Treuhändern gelegt hatte mit der Maßgabe, die Zinsen auf die Beschaffung leichter Posten für Männer zu verwenden, deren Haar von jener Farbe ist. Von überall hört man, daß die Bezahlung hervorragend und die Arbeit gering ist.›

‹Aber es bewerben sich doch sicher Millionen Rothaarige darum›, sagte ich.

‹Nicht so viele, wie man glauben möchte›, antwortete er. ‹Sie sehen, es ist eigentlich auf Londoner und auf erwachsene Männer beschränkt. Dieser Amerikaner hatte London als junger Mann verlassen und wollte der alten Stadt etwas Gutes tun. Außerdem habe ich erfahren, daß es keinen Zweck hat, sich zu bewerben, wenn man nur rötliches Haar hat oder dunkelrotes oder sonstwas, und nicht wirklich leuchtendes flammendes feuriges Rot. Wenn Sie Wert darauf legten, sich zu bewerben, Mr. Wilson, Sie brauchten einfach nur hinzugehen. Doch vielleicht ist es für Sie nicht die Mühe wert, sich wegen einiger hundert Pfund in Bewegung zu setzen.›

Nun trifft es zu, meine Herren, wie sie selbst sehen können,

yourselves, that my hair is of a very full and rich tint, so that it seemed to me that if there was to be any competition in the matter I stood as good a chance as any man that I had ever met. Vincent Spaulding seemed to know so much about it that I thought he might prove useful, so I just ordered him to put up the shutters for the day and to come right away with me. He was very willing to have a holiday, so we shut the business up and started off for the address that was given us in the advertisement.

"I never hope to see such a sight as that again, Mr. Holmes. From north, south, east, and west every man who had a shade of red in his hair had tramped into the city to answer the advertisement. Fleet Street was choked with red-headed folk, and Pope's Court looked like a coster's orange barrow. I should not have thought there were so many in the whole country as were brought together by that single advertisement. Every shade of colour they were – straw, lemon, orange, brick, Irishsetter, liver, clay; but, as Spaulding said, there were not many who had the real vivid flame-coloured tint. When I saw how many were waiting, I would have given it up in despair; but Spaulding would not hear of it. How he did it I could not imagine, but he pushed and pulled and butted until he got me through the crowd, and right up to the steps which led to the office. There was a double stream upon the stair, some going up in hope, and some coming back dejected; but we wedged in as well as we could and soon found ourselves in the office."

"Your experience has been a most entertaining one," remarked Holmes as his client paused and refreshed his memory with a huge pinch of snuff. "Pray continue your very interesting statement."

"There was nothing in the office but a couple of wooden chairs and a deal table, behind which sat a small man with a head that was even redder than mine. He said a few words to each candidate as he

daß mein Haar eine volle und reiche Färbung hat, also dachte ich, daß, wenn es einen Wettbewerb dieser Art gäbe, ich ebenso gute Chancen hätte wie jeder andere Mensch auf Erden. Vincent Spaulding schien so viel darüber zu wissen, daß ich den Eindruck hatte, er könne sich als hilfreich erweisen, darum hieß ich ihn für diesen Tag die Rolläden schließen und gleich mit mir zu kommen. Ein freier Tag kam ihm gelegen, also machten wir den Laden zu und begaben uns zu der Adresse, die in der Anzeige angegeben war.

Ich hoffe, mir niemals wieder so etwas ansehen zu müssen, Mr. Holmes. Aus Norden, Süden, Osten und Westen waren alle Männer, die auch nur eine Nuance Rot in ihrem Haar hatten, in die Innenstadt gezogen, um sich auf die Anzeige hin zu melden. Fleet Street war vollgestopft mit rothaarigen Leuten, und Pope's Court sah aus wie der Orangenkarren eines Obsthändlers. Ich hätte es nicht für möglich gehalten, daß es im ganzen Land so viele gäbe, als sich allein durch diese Anzeige versammelt hatten. Jeder Farbton war vertreten – strohfarben, zitronengelb, ziegelrot, Irisch Setter, leberbraun, lehmfarbig; doch Spaulding fand, daß nicht viele die richtig lebhafte flammende Tönung hatten. Als ich die vielen Wartenden sah, hätte ich am liebsten vor Verzweiflung aufgegeben; doch Spaulding wollte davon nichts hören. Ich habe keine Ahnung, wie er es schaffte, doch er schubste und zerrte und rempelte, bis er mich durch die Menschenmenge hindurch befördert hatte – bis an die Stufen, die zu dem Kontor führten. Es gab einen zweifachen Menschenstrom auf der Treppe. Die einen gingen in Hoffnung hinauf und die anderen kehrten entmutigt zurück. Doch wir zwängten uns so gut wir konnten dazwischen und befanden uns bald im Kontor.»

«Ihr Erlebnis ist höchst unterhaltsam», sagte Holmes, als sein Mandant innehielt und seinem Gedächtnis mit einer riesigen Prise Schnupftabak nachhalf. «Bitte setzen Sie doch Ihren fesselnden Bericht fort.»

«In dem Kontor stand nichts anderes als ein paar Holzstühle und ein Tisch aus rohen Brettern, hinter dem ein kleiner Mann saß mit einem Schopf, der eher noch röter war als der meine. Er richtete ein paar Worte an jeden Bewerber, der auf ihn

came up, and then he always managed to find some fault in them which would disqualify them. Getting a vacancy did not seem to be such a very easy matter, after all. However, when our turn came the little man was much more favourable to me than to any of the others, and he closed the door as we entered, so that he might have a private word with us.

"‹This is Mr. Jabez Wilson,› said my assistant, ‹and he is willing to fill a vacancy in the League.›

"‹And he is admirably suited for it,› the other answered. ‹He has every requirement. I cannot recall when I have seen anything so fine.› He took a step backward, cocked his head on one side, and gazed at my hair until I felt quite bashful. Then suddenly he plunged forward, wrung my hand, and congratulated me warmly on my success.

"‹It would be injustice to hesitate,› said he. ‹You will, however, I am sure, excuse me for taking an obvious precaution.› With that he seized my hair in both his hands, and tugged until I yelled with the pain. ‹There is water in your eyes,› said he as he released me. 'I perceive that all is as it should be. But we have to be careful, for we have twice been deceived by wigs and once by paint. I could tell you tales of cobbler's wax which would disgust you with human nature.›

He stepped over to the window and shouted through it at the top of his voice that the vacancy was filled. A groan of disappointment came up from below, and the folk all trooped away in different directions until there was not a red-head to be seen except my own and that of the manager.

"‹My name,› said he, ‹is Mr. Duncan Ross, and I am myself one of the pensioners upon the fund left by our noble benefactor. Are you a married man, Mr. Wilson? Have you a family?›

130 "I answered that I had not.

131 "His face fell immediately.

zukam, und immer gelang es ihm, irgend einen Fehler an ihm zu finden, der ihn ungeeignet erscheinen ließ. Einen Freiplatz zu bekommen, war anscheinend gar keine leichte Sache. Als jedoch wir an die Reihe kamen, war der kleine Mann viel günstiger gesonnen als bei irgend einem vorher; er schloß die Tür hinter uns, um ungestört mit uns sprechen zu können.

‹Dies hier ist Mr. Jabez Wilson›, sagte mein Gehilfe, ‹und er ist bereit, einen Freiplatz in dem Verein einzunehmen.›

‹Und er ist vortrefflich dafür geeignet›, antwortete der andere. ‹Er erfüllt alle Anforderungen. Ich kann mich nicht erinnern, jemals etwas so Frappantes gesehen zu haben.› Er tat einen Schritt zurück, legte den Kopf seitlich und bestaunte mein Haar, bis es mir richtig peinlich war. Dann stürzte er plötzlich vor, drückte mir die Hand und gratulierte mir aufs Wärmste zu meinem Erfolg.

‹Eigentlich ist es ungehörig, noch zu zweifeln›, sagte er. ‹Sie werden jedoch sicher Verständnis für mich haben, wenn ich eine naheliegende Vorsichtsmaßnahme treffe.› Damit griff er mit beiden Händen in meine Haare und zerrte an ihnen, bis ich vor Schmerz aufschrie. ‹Ihre Augen tränen›, sagte er, als er mich wieder freiließ. ‹Ich stelle fest, das alles seine Richtigkeit hat. Wir müssen auf der Hut sein, denn zweimal schon sind wir hintergangen worden, einmal mit einer Perücke und das andere Mal durch Färbemittel. Ich könnte Ihnen Geschichten erzählen über Schusterpech, die Sie mit Abscheu vor der menschlichen Natur erfüllen würden.› Er trat ans offene Fenster, und im höchsten Ton schrie er hinunter, daß der Freiplatz belegt sei. Ein enttäuschtes Murren klang von unten herauf, und die Leute zogen in die verschiedensten Richtungen ab, bis kein Rotschopf mehr zu sehen war, außer dem meinen und dem des Geschäftsführers.

Er sagte: ‹Ich heiße Duncan Ross und ich bin selber einer der Rentenempfänger aus dem Fond, der von unserem edlen Wohltäter hinterlassen wurde. Sind Sie verheiratet, Mr. Wilson? Haben Sie Familie?›

Ich antwortete, daß dies nicht der Fall sei.

Er zog sofort ein langes Gesicht.

"‹Dear me!› he said gravely, ‹that is very serious indeed! I am sorry to hear you say that. The fund was, of course, for the propagation and spread of the red-heads as well as for their maintenance. It is exceedingly unfortunate that you should be a bachelor.›

"My face lengthened at this, Mr. Holmes, for I thought that I was not to have the vacancy after all; but after thinking it over for a few minutes he said that it would be all right.

"‹In the case of another,› said he, ‹the objection might be fatal, but we must stretch a point in favour of a man with such a head of hair as yours. When shall you be able to enter upon your new duties?›

"‹Well, it is a little awkward, for I have a business already,› said I.

"‹Oh, never mind about that, Mr. Wilson!› said Vincent Spaulding. ‹I should be able to look after that for you.›'

"‹What would be the hours?› I asked.

"‹Ten to two.›

"Now a pawnbroker's business is mostly done of an evening. Mr. Holmes, especially Thursday and Friday evening, which is just before pay-day; so it would suit me very well to earn a little in the mornings. Besides, I knew that my assistant was a good man, and that he would see to anything that turned up.

"‹That would suit me very well,› said I. ‹And the pay?›

"‹Is four pounds a week.›

"‹And the work?›

"‹Is purley nominal.›

"‹What do you call purely nominal?›

"‹Well, you have to be in the office, or at least in the building, the whole time. If you leave, you
132 forfeit your whole position forever. The will is very
133 clear upon that point. You don't comply with the

‹Oh!› sagte er gedehnt, ‹das ist allerdings erschwerend. Es bekümmert mich, daß Sie mir das sagen. Der Fonds war natürlich sowohl für die Vermehrung und Ausbreitung der Rothaarigen wie für ihren Unterhalt gedacht. Es ist über die Maßen unselig, daß Sie alleinstehend sind.›

Da zog ich nun ein langes Gesicht, Mr. Holmes, denn ich fürchtete, den Freiplatz nun doch nicht zu bekommen. Aber als er eine Weile darüber nachgedacht hatte, sagte er, es sei doch in Ordnung.

‹In jedem anderen Fall›, sagte er, ‹könnte diese Beanstandung verhängnisvoll sein, doch wir müssen ein Auge zudrükken zu Gunsten eines Mannes mit einem solchen Haupthaar wie dem Ihrigen. Ab wann werden Sie Ihren neuen Pflichten nachkommen können?›

‹Nun, es ist etwas mißlich, denn ich habe eigentlich schon ein Geschäft›, sagte ich.

‹Oh, machen Sie sich deshalb keine Sorgen, Mr. Wilson!› sagte Vincent Spaulding. Ich könnte mich an Ihrer Stelle darum kümmern.›

‹Welche Zeit wäre es?› fragte ich.

‹Von zehn bis zwei.›

Nun findet das Geschäft eines Pfandleihers hauptsächlich am Abend statt, Mr. Holmes, besonders donnerstags und freitags, also kurz vorm Lohntag. Es würde mir also gar nicht ungelegen kommen, wenn ich während der Vormittage ein wenig dazu verdiente. Außerdem wußte ich, daß mein Gehilfe ein guter Mann war und daß er sich um alles kümmern würde, was so anfiel.

‹Das würde mir sehr gut passen›, sagte ich. ‹Und das Entgelt?›

‹Beträgt vier Pfund in der Woche.›

‹Und die Arbeit?›

‹Besteht nur dem Namen nach.›

‹Was verstehen Sie unter ‹nur dem Namen nach›?

‹Nun, Sie müssen sich während der ganzen Zeit in diesem Raum hier oder wenigstens in diesem Gebäude hier aufhalten. Wenn Sie sich entfernen, verlieren Sie Ihre Stellung für immer. Das Testament ist eindeutig, was diesen Punkt betrifft.

conditions if you budge from the office during that time.›

"‹It's only four hours a day, and I should not think of leaving,› said I.

"‹No excuse will avail,› said Mr. Duncan Ross; ‹neither sickness nor business nor anything else. There you must stay, or you lose your billet.›

"‹And the work?›

"‹Is to copy out the Encyclopaedia Britannica. There is the first volume of it in that press. You must find your own ink, pens, and blotting-paper, but we provide this table and chair. Will you be ready to-morrow?›

"‹Certainly,› I answered.

"‹Then, good-bye, Mr. Jabez Wilson, and let me congratulate you once more on the important position which you have been fortunate enough to gain.› He bowed me out of the room, and I went home with my assistant, hardly knowing what to say or do, I was so pleased at my own good fortune.

"Well, I thought over the matter all day, and by evening I was in low spirits again; for I had quite persuaded myself that the whole affair must be some great hoax or fraud, though what its object might be I could not imagine. It seemed altogether past belief that anyone could make such a will, or that they would pay such a sum for doing anything so simple as copying out the Encyclopaedia Britannica.

Vincent
Spaulding did what he could to cheer me up, but by bedtime I had reasoned myself out of the whole thing. However, in the morning I determined to have a look at it anyhow, so I bought a penny bottle of ink, and with a quill-pen, and seven sheets of foolscap paper, I started off for Pope's Court.

"Well, to my surprise and delight, everything was
134 as right as possible. The table was set out ready for
135 me, and Mr. Duncan Ross was there to see that I got

Wenn Sie während dieser Zeit das Kontor verlassen, erfüllen Sie nicht die Bedingungen.›

‹Es sind also täglich vier Stunden, und ich darf mich keinesfalls wegbegeben›, sagte ich.

‹Keine Entschuldigung wird gelten›, sagte Mr. Duncan Ross, ‹weder Krankheit, noch Geschäfte, noch irgend etwas anderes. Hier müssen Sie bleiben, oder Sie verlieren Ihren Posten.›

‹Und was für eine Arbeit ist es?›

‹Die Encyclopädia Britannica abzuschreiben. Der erste Band steht dort in dem Regal. Für Tinte, Federn und Löschpapier müssen Sie selber sorgen, aber wir stellen den Tisch und den Stuhl zur Verfügung. Werden Sie morgen zur Stelle sein?›

‹Gewiß›, antwortete ich.

‹Dann leben Sie wohl, Mr. Jabez Wilson, und ich möchte Ihnen nochmals gratulieren zu dem hervorragenden Posten, den zu erhalten Sie das Glück hatten.› Er komplementierte mich aus dem Kontor, und ich kehrte mit meinem Gehilfen heim und wußte kaum, was ich sagen oder tun sollte in meiner Freude über so einen Glücksfall.

Nun, ich ließ mir während des restlichen Tages alles nochmals durch den Kopf gehen, und am Abend war ich völlig niedergeschlagen; denn ich war zu der Einsicht gekommen, daß die ganze Geschichte ein großer Schabernack oder Schwindel sein mußte, obwohl ich nicht einsah, was es bezwecken sollte. Es schien mir ganz und gar jenseits aller Vorstellung, daß jemand ein solches Testament hinterlassen konnte oder daß ein solcher Betrag für so etwas Einfaches wie das Abschreiben der Encyclopädia Britannica gezahlt wurde. Vincent Spaulding gab sich alle Mühe, mich zu ermutigen, doch als ich zu Bett ging, hatte ich mir die Sache aus dem Kopf geschlagen. Am Morgen indessen beschloß ich, wenigstens hinzuschauen; also kaufte ich für einen Penny ein Tintenfäßchen, und mit einer Schreibfeder und sieben Bögen Papier, Wasserzeichen Narrenkappe, machte ich mich nach Pope's Court auf den Weg.

Nun, zu meiner Überraschung und Freude, alles war so wahr wie nur möglich. Der Tisch stand für mich bereit und Mr. Duncan Ross war dort, um zu sehen, daß ich mich auch ehrlich

fairly to work. He started me off upon the letter A, and then he left me; but he would drop in from time to time to see that all was right with me. At two o'clock he bade me good-day, complimented me upon the amount that I had written, and locked the door of the office after me.

"This went on day after day, Mr. Holmes, and on Saturday the manager came in and planked down four golden sovereigns for my week's work. It was the same next week, and the same the week after. Every morning I was there at ten, and every afternoon I left at two. By degrees Mr. Duncan Ross took to coming in only once of a morning, and then, after a time, he did not come in at all. Still, of course, I never dared to leave the room for an instant, for I was not sure when he might come, and the billet was such a good one, and suited me so well, that I would not risk the loss of it.

"Eight weeks passed away like this, and I had written about Abbots and Archery and Armour and Architecture and Attica, and hoped with diligence that I might get on to the B's before very long. It cost me something in foolscap, and I had pretty nearly filled a shelf with my writings. And then suddenly the whole business came to an end."

"To an end?"

"Yes, sir. And no later than this morning. I went to my work as usual at ten o'clock, but the door was shut and locked, with a little square of card-board hammered on to the middle of the panel with a tack. Here it is, and you can read for yourself."

He held up a piece of white card-board about the size of a sheet of note-paper. It read in this fashion:

The Red-Headed League
is Dissolved.
October 9, 1890.

136 Sherlock Holmes and I surveyed this curt an-
137 nouncement and the rueful face behind it, until the

an die Arbeit machte. Er hieß mich beim Buchstaben A zu beginnen und dann verließ er mich. Von Zeit zu Zeit fand er sich ein, um zu prüfen, ob ich alles richtig machte. Um zwei Uhr verabschiedete er mich, beglückwünschte mich zu der Menge, die ich geschrieben hatte und schloß hinter mir die Tür des Kontors.

So ging es Tag für Tag, Mr. Holmes, und am Samstag kam mein Arbeitgeber und legte vier Goldsovereigns für meine Wochenleistung bar auf den Tisch. Und so spielte es sich auch in der Woche danach ab und in der darauffolgenden. Jeden Morgen war ich um zehn Uhr zur Stelle und jeden Nachmittag um zwei Uhr ging ich wieder. Allmählich gewöhnte sich Mr. Duncan Ross an, nur noch einmal am Vormittag zu erscheinen und dann, nach einiger Zeit, blieb er ganz weg. Dennoch traute ich mich natürlich niemals auch nur für einen Augenblick aus dem Zimmer, denn ich konnte ja nicht wissen, ob er doch käme, und der Posten war so erfreulich und behagte mir so sehr, daß ich es nicht darauf ankommen lassen wollte, ihn zu verlieren.

Acht Wochen verstrichen auf diese Weise und ich hatte alles über Abbots und Archery und Armour und Architecture und Attica geschrieben und hoffte mit einigem Fleiß bald zum B zu gelangen. Es war nicht unerheblich, was ich für Wasserzeichenpapier ausgegeben hatte, und meine Schreiberei füllte schon fast ein Regal. Und dann plötzlich fand die ganze Angelegenheit ein Ende.»

«Ein Ende?»

«Ja, Sir. Und zwar heute Morgen. Ich bin wie gewöhnlich um zehn Uhr an meinem Arbeitsplatz erschienen, doch die Tür war fest verschlossen, und ein kleiner viereckiger Karton war mit einer Reißzwecke in der Mitte der Türfüllung befestigt. Hier ist er und Sie können selber lesen.»

Er hielt ein Stück weißen Karton von der Größe eines Briefpapierbogens hoch. Und dies war zu lesen:

Der Verein der Rothaarigen
ist aufgelöst
9. Oktober 1890

Sherlock Holmes und ich begutachteten diese knappe Bekanntmachung und das klägliche Gesicht dahinter, bis das

comical side of the affair so completely overtopped every other consideration that we both burst out into a roar of laughter.

"I cannot see that there is anything very funny," cried our client, flushing up to the roots of his flaming head. "If you can do nothing better than laugh at me, I can go elsewhere."

"No, no," cried Holmes, shoving him back into the chair from which he had half risen. "I really wouldn't miss your case for the world. It is most refreshingly unusual. But there is, if you will excuse my saying so, something just a little funny about it. Pray what steps did you take when you found the card upon the door?"

"I was staggered, sir. I did not know what to do. Then I called at the offices round, but none of them seemed to know anything about it. Finally, I went to the landlord, who is an accountant living on the ground-floor, and I asked him if he could tell me what had become of the Red-headed League. He said that he had never heard of any such body. Then I asked him who Mr. Duncan Ross was. He answered that the name was new to him.

"‹Well,› said I, ‹the gentleman at No. 4.›

"‹What, the red-headed man?›

"‹Yes.›

"‹Oh,› said he, ‹his name was William Morris. He was a solicitor and was using my room as a temporary convenience until his new premises were ready. He moved out yesterday.›

"‹Where could I find him?›

"‹Oh, at his new offices. He did tell me the address. Yes, 17 King Edward Street, near St. Paul's.›

"I started off, Mr. Holmes, but when I got to that address it was a manufactory of artificial knee-caps, and no one in it had ever heard of either Mr. William Morris or Mr. Duncan Ross."

"And what did you do then?" asked Holmes.

drollige Gepräge dieser Geschichte so völlig jede andere Betrachtungsweise überstieg, daß wir beide in schallendes Gelächter ausbrachen.

«Ich kann nichts Lächerliches an der Sache finden», rief unser Mandant und lief bis zu den Wurzeln seines leuchtenden Haares rot an. «Wenn Ihnen nichts Besseres einfällt, als mich auszulachen, dann kann ich auch woanders hingehen.»

«Nein, nein», rief Holmes und drückte ihn in seinen Sessel zurück, aus dem er sich halb erhoben hatte. «Ich möchte mir wirklich Ihren Fall um alles in der Welt nicht entgehen lassen. Er ist auf höchst erquickende Weise ungewöhnlich. Doch er hat, wenn Sie bitte verzeihen wollen, ein ganz klein wenig was Komisches an sich. Also bitte: was haben Sie unternommen, nachdem Sie den Karton an der Tür gesehen hatten?»

«Ich war erst mal verblüfft, Sir. Ich wußte nicht, was ich anfangen sollte. Dann erkundigte ich mich in den Kontoren drumherum, doch niemand schien irgend etwas zu wissen. Schließlich ging ich zum Hauseigentümer, der Buchhalter ist und im Erdgeschoß wohnt, und fragte ihn, ob er mir sagen könne, was aus dem Verein der Rothaarigen geworden sei. Er sagte mir, er habe noch nie etwas von einer solchen Körperschaft gehört. Dann fragte ich ihn, ob er Mr. Duncan Ross kenne. Er antwortete, daß der Name ihm neu sei.

‹Aber›, sagte ich, ‹der Herr von Nr. 4.›

‹Was, der Rothaarige?›

‹Ja.›

‹Oh›, sagte er, ‹der heißt William Morris. Er ist Rechtsanwalt und brauchte mein Zimmer als eine vorübergehende Unterbringung, bis seine neuen Lokalitäten fertig wären. Gestern ist er ausgezogen.›

‹Wo könnte ich ihn finden?›

‹In seinem neuen Kontor. Er gab mir die Adresse. Ja, 17 King Edward Street, in der Nähe von St. Paul.›

Ich begab mich dorthin, Mr. Holmes, doch als ich an diese Adresse gelangte, war es eine Werkstatt für künstliche Knieplatten, und niemand dort hatte je von Mr. William Morris oder Mr. Duncan Ross gehört.»

«Und was haben Sie dann getan?» fragte Holmes.

"I went home to Saxe-Coburg Square, and I took the advice of my assistant. But he could not help me in any way. He could only say that if I waited I should hear by post. But that was not quite good enough, Mr. Holmes. I did not wish to lose such a place without a struggle, so, as I had heard that you were good enough to give advice to poor folk who were in need of it, I came right away to you."

"And you did very wisely," said Holmes. "Your case is an exceedingly remarkable one, and I shall be happy to look into it. From what you have told me I think that it is possible that graver issues hang from it than might at first sight appear."

"Grave enough!" said Mr. Jabez Wilson. "Why, I have lost four pound a week."

"As far as you are personally concerned," remarked Holmes, "I do not see that you have any grievance against this extraordinary league. On the contrary, you are, as I understand, richer by some £ 30, to say nothing of the minute knowledge which you have gained on every subject which comes under the letter A. You have lost nothing by them."

"No, sir. But I want to find out about them, and who they are, and what their object was in playing this prank – if it was a prank – upon me. It was a pretty expensive joke for them, for it cost them two and thirty pounds."

"We shall endeavour to clear up these points for you. And, first, one or two questions, Mr. Wilson. This assistant of yours who first called your attention to the advertisement – how long had he been with you?"

"About a month then."

"How did he come?"

"In answer to an advertisement."

"Was he the only applicant?"

 "No, I had a dozen."

 "Why did you pick him?"

«Ich kehrte heim zum Saxe-Coburg Square und holte mir Rat bei meinem Gehilfen. Doch er konnte mir in keiner Weise weiterhelfen. Er sagte mir nur, daß ich, wenn ich abwartete, vielleicht etwas per Post erfuhr. Doch das genügte mir nun nicht, Mr. Holmes. Ich wollte einen solchen Posten nicht ohne Kampf verlieren, und da ich einmal gehört hatte, daß Sie so nett sind, armen Leuten, denen es an Rat mangelt, einen zu erteilen, kam ich auf kürzestem Weg zu Ihnen.»

«Und das war ein guter Gedanke», sagte Holmes. «Ihr Fall ist außerordentlich bemerkenswert, und ich werde mich gern mit ihm befassen. Aus dem, was Sie mir berichtet haben, ziehe ich den Schluß, daß möglicherweise ernstere Folgen mit ihm verknüpft sind, als es auf den ersten Blick erscheint.»

«Schon ernst genug!» sagte Mr. Jabez Wilson. «Wahrhaftig! Habe ich doch vier Pfund pro Woche eingebüßt.»

«Was Sie persönlich betrifft», meinte Holmes, «leuchtet es mir nicht ein, daß Sie irgend einen Grund zur Klage gegenüber diesem ausgefallenen Verein haben sollten. Im Gegenteil, Sie sind, soweit ich weiß, um gut dreißig Pfund reicher, ganz zu schweigen von der haargenauen Kenntnis, die Sie sich über jeden Gegenstand, der mit dem Buchstaben A beginnt, erworben haben. Sie hatten hier keinen Verlust.»

«Sie haben recht, Sir. Doch ich möchte über diese Leute ermitteln, möchte herausbekommen, wer sie sind und was sie mit diesem Schelmenstück, das sie mir gespielt haben – wenn es ein Schelmenstück war – bezweckten. Es war für sie ein ziemlich teurer Spaß, denn er kostete sie zweiunddreißig Pfund.»

«Wir werden uns bemühen, diese Punkte für Sie zu klären. Doch erst noch ein oder zwei Fragen, Mr. Wilson. Dieser Ihr Gehilfe, der als erstes Ihre Aufmerksamkeit auf die Anzeige gelenkt hat – wie lange war er schon bei Ihnen?»

«Damals ungefähr einen Monat.»

«Wie kam er zu Ihnen?»

«Auf eine Anzeige hin.»

«War er der einzige Bewerber?»

«Nein, ich hatte ein Dutzend.»

«Warum haben Sie ihn genommen?»

"Because he was handy and would come cheap."

"At half-wages, in fact."

"Yes."

"What is he like, this Vincent Spaulding?"

"Small, stout-built, very quick in his ways, no hair on his face, though he's not short of thirty. Has a white splash of acid upon his forehead."

Holmes sat up in his chair in considerable excitement. "I thought as much," said he. "Have you ever observed that his ears are pierced for earrings?"

"Yes, sir. He told me that a gypsy had done it for him when he was a lad."

"Hum!" said Holmes, sinking back in deep thought. "He is still with you?"

"Oh, yes, sir; I have only just left him."

"And has your business been attended to in your absence?"

"Nothing to complain of, sir. There's never very much to do of a morning."

"That will do, Mr. Wilson. I shall be happy to give you an opinion upon the subject in the course of a day or two. To-day is Saturday, and I hope that by Monday we may come to a conclusion."

"Well, Watson," said Holmes when our visitor had left us, "what do you make of it all?"

"I make nothing of it," I answered frankly. "It is a most mysterious business."

"As a rule," said Holmes, "the more bizarre a thing is the less mysterious it proves to be. It is your commonplace, featureless crimes which are really puzzling, just as a commonplace face is the most difficult to identify. But I must be prompt over this matter."

"What are you going to do, then?" I asked.

"To smoke," he answered. "It is quite a three pipe problem, and I beg that you won't speak to me for
142 fifty minutes." He curled himself up in his chair, with
143 his thin knees drawn up to his hawk-like nose, and

«Weil er gewandt war und nicht so viel verlangte.»

«Eben nur den halben Lohn.»

«So ist es.»

«Was für ein Typ ist er, dieser Vincent Spaulding?»

«Klein, kräftig, sehr flink in allem was er tut, kein Bart, obwohl er schon knapp dreißig ist. Hat einen Fleck von einem Säurespritzer auf der Stirn.»

In spürbarer Erregung richtete sich Holmes in seinem Sessel auf. «Das dachte ich mir fast», sagte er. «Haben Sie bemerkt, ob seine Ohren für Ohrringe durchstochen sind?»

«Ja, Sir. Er sagte mir, daß ein Zigeuner es ihm gemacht habe, als er ein Junge war.»

«Hm!» machte Holmes und lehnte sich gedankenversunken zurück. «Er ist doch noch bei Ihnen?»

«Gewiß doch. Ich habe ihn ja soeben verlassen.»

«Und hat er sich um Ihren Laden in Ihrer Abwesenheit gekümmert?»

«Ich kann über nichts klagen. Während der Vormittage gibt es nie viel zu tun.»

«Das genügt, Mr. Wilson. Im Verlauf der nächsten beiden Tage werde ich in der Lage sein, Ihnen eine Stellungnahme zu diesen Vorgängen zu liefern. Heute ist Samstag, und ich hoffe, daß wir bis Montag zu einer Lösung kommen.»

«Nun Watson», sagte Holmes, als der Besucher uns verlassen hatte, «was halten Sie von dem allen?»

«Ich habe keine Vorstellung», antwortete ich offen. «Es ist eine äußerst geheimnisvolle Angelegenheit.»

«In der Regel», sagte Holmes, «erweist sich eine Sache, je exzentrischer sie ist, als desto weniger geheimnisvoll. Die gewöhnlichen, gesichtslosen Verbrechen sind es, die schwer aufzudecken sind – genau wie ein gewöhnliches Gesicht am schwersten zu identifizieren ist. Doch ich muß mich eilends dieser Geschichte annehmen.»

«Was wollen Sie tun?» fragte ich.

«Rauchen», antwortete er. «Das Problem ist seine drei Pfeifen wert, und ich bitte Sie, fünfzig Minuten lang nicht das Wort an mich zu richten.» Er rollte sich in seinem Sessel zusammen. Die Knie hatte er bis zu seiner Adler-

there he sat with his eyes closed and his black clay pipe thrusting out like the bill of some strange bird. I had come to the conclusion that he had dropped asleep, and indeed was nodding myself, when he suddenly sprang out of his chair with the gesture of a man who has made up his mind and put his pipe down upon the mantelpiece.

"Sarasate plays at the St. James's Hall this afternoon," he remarked. "What do you think, Watson? Could your patients spare you for a few hours?"

"I have nothing to do to-day. My practice is never very absorbing."

"Then put on your hat and come. I am going through the City first, and we can have some lunch on the way. I observe that there is a good deal of German music on the programme, which is rather more to my taste than Italian or French. It is introspective, and I want to introspect. Come along!"

We travelled by the Underground as far as Aldersgate; and a short walk took us to Saxe-Coburg Square, the scene of the singular story which we had listened to in the morning. It was a poky, little, shabby-genteel place, where four lines of dingy two-storied brick houses looked out into a small railed-in enclosure, where a lawn of weedy grass and a few clumps of faded laurel-bushes made a hard fight against a smoke-laden and uncongenial atmosphere. Three gilt balls and a brown board with "JABEZ WILSON" in white letters, upon a corner house, announced the place where our red-headed client carried on his business. Sherlock Holmes stopped in front of it with his head on one side and looked it all over, with his eyes shining brightly between puckered lids. Then he walked slowly up the street, and then down again to the corner, still look-
144 ing keenly at the houses. Finally he returned to the
145 pawnbroker's, and, having thumped vigorously upon

nase hochgezogen, die Augen waren geschlossen und seine schwarze Tonpfeife stach hervor wie der Schnabel eines exotischen Vogels. Ich kam zu dem Schluß, daß er eingeschlafen war und schlummerte selbst ein wenig, als er plötzlich aus dem Sessel sprang mit der Gebärde eines Menschen, der sich zu etwas entschieden hat. Er legte seine Pfeife auf dem Kaminsims ab.

«Sarasate gibt heute Nachmittag ein Konzert in St. James' Hall», sagte er. «Was halten Sie davon, Watson? Könnten Ihre Patienten Sie für ein paar Stunden entbehren?»

«Ich habe heute nichts zu tun. Meine Praxis nimmt mich nie sehr in Anspruch.»

«Dann setzen Sie Ihren Hut auf und kommen Sie. Ich muß erst durch die City und unterwegs können wir eine Kleinigkeit zu Mittag essen. Ich habe gelesen, daß hauptsächlich deutsche Musik auf dem Programm steht, die eher meinem Geschmack entspricht als italienische oder französische. Sie ist nach innen gerichtet und ich möchte mich nach innen richten. Kommen Sie!»

Wir fuhren mit der Untergrundbahn bis Aldersgate, und ein kurzer Fußmarsch führte uns zum Saxe-Coburg-Square, dem Ort der ausgefallenen Geschichte, die wir am Vormittag vernommen hatten. Es war ein enger, winkliger, schäbig vornehm tuender Platz, an dem vier Reihen schmutziger, zweigeschossiger Ziegelsteinhäuser auf eine kleine eingefriedete Anlage blickten, in der ein verunkrauteter Rasen und ein paar Gruppen welker Rhododendronbüsche einen harten Kampf gegen eine verqualmte, unzuträgliche Luft führten. Drei goldene Kugeln und ein braunes Schild mit ‹Jabez Wilson› in weißen Buchstaben an einem Eckhaus verrieten uns die Stätte, wo unser rothaariger Mandant sein Geschäft betrieb. Sherlock Holmes machte davor halt und musterte es von oben bis unten, mit seitlich geneigtem Kopf und schmalgezogenen Lidern, aus denen die Augen hell hervorleuchteten. Dann ging er langsam die Straße weiter, und dann wieder zurück bis zur Ecke, wobei er dauernd seinen Blick aufmerksam auf die Häuser hielt. Schließlich kam er wieder an den Laden des Pfandleihers, und nachdem er zwei- oder dreimal mit seinem

the pavement with his stick two or three times, he went up to the door and knocked. It was instantly opened by a bright-looking, clean-shaven young fellow, who asked him to step in.

"Thank you," said Holmes, "I only wished to ask you how you would go from here to the Strand."

"Third right, fourth left," answered the assistant promptly, closing the door.

"Smart fellow, that," observed Holmes as we walked away. "He is, in my judgment, the fourth smartest man in London, and for daring I am not sure that be has not a claim to be third. I have known something of him before."

"Evidently," said I, "Mr. Wilson's assistant counts for a good deal in this mystery of the Red-headed League. I am sure that you inquired your way merely in order that you might see him."

"Not him."

"What then?"

"The knees of his trousers."

"And what did you see?"

"What I expected to see."

"Why did you beat the pavement?"

"My dear doctor, this is a time for observation, not for talk. We are spies in an enemy's country. We know something of Saxe-Coburg Square. Let us now explore the parts which lie behind it."

The road in which we found ourselves as we turned round the corner from the retired Saxe-Coburg Square presented as great a contrast to it as the front of a picture does to the back. It was one of the main arteries which conveyed the traffic of the City to the north and west. The roadway was blocked with the immense stream of commerce flowing in a double tide inward and outward, while the footpaths were black with the hurrying swarm of pedestrians. It was
146 difficult to realize as we looked at the line of fine
147 shops and stately business premises that they really

Spazierstock auf den Gehsteig gepocht hatte, ging er zur Tür und klopfte. Sie wurde auf der Stelle von einem gescheit blickenden, glatthäutigen jungen Burschen geöffnet, der ihn aufforderte, einzutreten.

«Danke sehr», sagte Holmes, «aber ich wollte Sie nur fragen, wie Sie von hier zum *Strand* gehen würden.»

«Dritte rechts, vierte links», antwortete der Gehilfe rasch und schloß wieder die Tür.

«Aufgeweckter Bursche», bemerkte Holmes, als wir uns entfernten. «Nach meiner Schätzung ist er der viertschlauste Mann in London, und was den Wagemut anbelangt, so bin ich mir nicht sicher, ob er nicht Anspruch darauf hat, der dritte zu sein. Ich habe schon vorher einiges über ihn gewußt.»

«Es scheint so», sagte ich, «daß Mr. Wilsons Gehilfe für einen großen Teil dieses Geheimnisses um den Verein der Rothaarigen zuständig ist. Sicher haben Sie nach dem Weg gefragt, um ihn zu Gesicht zu bekommen.»

«Nicht ihn.»

«Was dann?»

«Die Knie seiner Hosenbeine.»

«Und was haben Sie gesehen?»

«Was ich zu sehen erwartete.»

«Warum haben Sie auf den Gehsteig gepocht?»

«Mein lieber Doktor, dies ist jetzt der Augenblick für Beobachtungen und nicht für Gespräche. Wir sind Spione im Feindesland. Wir wissen etwas über den Saxe-Coburg Square. Lassen Sie uns jetzt den Bezirk erkunden, der dahinter liegt.»

Die Straße, auf die wir stießen, als wir um die Ecke des abgelegenen Saxe-Coburg Square bogen, bot einen so großen Gegensatz, wie die Vorderseite eines Bildes zu seiner Rückseite. Sie war eine der Hauptverkehrsadern der City in Richtung Norden und Westen. Der Fahrdamm war verstopft vom dichten Strom des Geschäftsverkehrs, der zur gleichen Zeit ein- und auswärts floß, während die Gehwege schwarz waren vom hastenden Schwarm der Fußgänger. Als wir auf die Reihe vornehmer Läden und Geschäftsgebäude blickten, war es nur schwer vorstellbar, daß sie wirklich mit der Rückseite an den

abutted on the other side upon the faded and stagnant square which we had just quitted.

"Let me see," said Holmes, standing at the corner and glancing along the line, "I should like just to remember the order of the houses here. It is a hobby of mine to have an exact knowledge of London. There is Mortimer's, the tobacconist, the little newspaper shop, the Coburg branch of the City and Suburban Bank, the Vegetarian Restaurant, and McFarlane's carriage-building depot. That carries us right on to the other block. And now, Doctor, we've done our work, so it's time we had some play. A sandwich and a cup of coffee, and then off to violin-land, where all is sweetness and delicacy and harmony, and there are no red-headed clients to vex us with their conundrums."

My friend was an enthusiastic musician, being himself not only a very capable performer but a composer of no ordinary merit. All the afternoon he sat in the stalls wrapped in the most perfect happiness, gently waving his long, thin fingers in time to the music, while his gently smiling face and his languid, dreamy eyes were as unlike those of Holmes, the sleuth-hound, Holmes the relentless, keenwitted, ready-handed criminal agent, as it was possible to conceive. In his singular character the dual nature alternately asserted itself, and his extreme exactness and astuteness represented, as I have often thought, the reaction against the poetic and contemplative mood which occasionally predominated in him. The swing of his nature took him from extreme languor to devouring energy; and, as I knew well, he was never so truly formidable as when, for days on end, he had been lounging in his armchair amid his improvisations and his black-letter editions. Then it was that the lust of the chase would suddenly come upon him, and that his brilliant reasoning power would rise to the level of intuition, until those who were unac-

langweiligen und stillen Platz grenzten, den wir gerade verlassen hatten.

«Einen Augenblick», sagte Holmes, der an der Ecke stand und die Häuserreihe entlang sah. «Ich möchte mich gerne an die Reihenfolge der Gebäude hier erinnern können. Es ist eines meiner Steckenpferde, eine genaue Kenntnis von London zu besitzen. Erst kommt Mortimer, dann der Tabakhändler, dann der kleine Zeitungsladen, dann die Coburger Filiale der Zentral-und-Vorstadt-Bank, dann das vegetarische Restaurant und dann McFarlanes Wagenbau-Magazin. Und danach beginnt der nächste Häuserblock. Und jetzt, Doktor, haben wir unsere Arbeit getan, und es wird Zeit für unser Vergnügen. Ein Sandwich und eine Tasse Kaffee, und dann ab ins Land der Geigen, wo es nur Süße, Zartheit und Harmonie gibt und keine rothaarigen Mandanten, die uns mit ihren Scharaden quälen.»

Mein Freund war ein begeisterter Musikliebhaber. Nicht nur, daß er selber sehr gekonnt spielte, sondern er komponierte auch ungewöhnlich Gutes. Während des ganzen Nachmittags saß er von Seligkeit umfangen im Parkett und bewegte manchmal leise seine langen dünnen Finger zur Musik, wobei sein leicht lächelndes Gesicht und seine gleichmütigen, träumerischen Augen so wenig denen des Spürhunds Holmes, des unnachsichtigen, schlagfertigen Kriminalagenten Holmes glichen, wie man sich nur denken konnte. In seinem einzigartigen Charakter dominierten abwechselnd zweierlei Naturen und seine ausgeprägte Genauigkeit und sein Scharfsinn waren, so habe ich oft gedacht, die Gegen-Wirkung zu seinen poetischen und nachdenklichen Stimmungen, die gelegentlich in ihm überwogen.

Die Spannkraft seines Wesens riß ihn aus äußerster Trägheit zu verzehrender Tatkraft und ich wußte sehr wohl, daß er nie so wahrhaft großartig war wie nach endlosen Tagen, die er ununterbrochen faulenzend in seinem Lehnstuhl verbracht hatte mit Musizieren oder mit Schmökern in alten Büchern. Dann geschah es, daß ihn plötzlich das Jagdfieber überfiel und daß sein glänzendes Denkvermögen an Eingebung grenzte, so daß die-

quainted with his methods would look askance at him as on a man whose knowledge was not that of other mortals. When I saw him that afternoon so enwrapped in the music at St. James's Hall I felt that an evil time might be coming upon those whom he had set himself to hunt down.

"You want to go home, no doubt, Doctor," he remarked as we emerged.

"Yes, it would be as well."

"And I have some business to do which will take some hours. This business at Coburg Square is serious."

"Why serious?"

"A considerable crime is in contemplation. I have every reason to believe that we shall be in time to stop it. But to-day being Saturday rather complicates matters. I shall want your help to-night."

"At what time?"

"Ten will be early enough."

"I shall be at Baker Street at ten."

"Very well. And, I say, Doctor, there may be some little danger, so kindly put your army revolver in your pocket." He waved his hand, turned on his heel, and disappeared in an instant among the crowd.

I trust that I am not more dense than my neighbours, but I was always oppressed with a sense of my own stupidity in my dealings with Sherlock Holmes. Here I had heard what he had heard, I had seen what he had seen, and yet from his words it was evident that he saw clearly not only what had happened but what was about to happen, while to me the whole business was still confused and grotesque. As I drove home to my house in Kensington I thought over it all, from the extraordinary story of the red-headed copier of the Encyclopaedia down to the
150 visit to Saxe-Coburg Square, and the ominous words
151 with which he had parted from me. What was this

jenigen, die mit seinen Methoden nicht vertraut waren, ihn mißtrauisch als einen Menschen ansahen, der mehr wußte als andere Sterbliche. Als ich ihn an jenem Nachmittag in St. James' Hall so in die Musik versunken sah, spürte ich, daß eine böse Zeit für jene anbrechen würde, die er zur Strecke bringen wollte.

«Sie möchten sicher nach Hause, Doktor», sagte er, als wir wieder im Freien waren.

«Ja, das würde nichts schaden.»

«Und ich habe noch etwas zu erledigen, das einige Stunden in Anspruch nimmt. Diese Geschichte am Coburg Square ist ernst.»

«Wieso ernst?»

«Ein beachtliches Verbrechen ist in Vorbereitung. Ich habe allen Grund zu hoffen, daß wir es noch rechtzeitig verhindern werden. Daß heute Samstag ist, macht die Sache besonders schwierig. Ich werde heute Nacht Ihre Hilfe brauchen.»

«Um wieviel Uhr?»

«Zehn Uhr ist früh genug.»

«Ich werde um zehn Uhr in der Baker Street sein.»

«Sehr gut. Und noch etwas, Doktor. Es könnte ein bißchen gefährlich werden, deshalb seien Sie doch so freundlich, Ihren Armeerevolver zu sich zu stecken.» Er winkte mit der Hand, wandte sich um und war rasch in der Menschenmenge verschwunden.

Ich glaube, daß ich nicht begriffsstutziger bin als meine Mitmenschen, doch war ich immer überwältigt vom Gefühl meiner eigenen Dummheit, wenn ich mit Sherlock Holmes zusammen war. Ich hatte also gehört, was er gehört hatte, gesehen, was er gesehen hatte, aber aus seinen Worten konnte man schließen, daß er nicht nur deutlich sah, was sich ereignet hatte, sondern auch, was sich noch ereignen würde, während für mich die ganze Geschichte immer noch verworren und seltsam war. Indem ich zu meinem Haus nach Kensington fuhr, überdachte ich alles, angefangen von der ungewöhnlichen Erzählung des rothaarigen Kopisten der Encyclopädia bis hin zu unserem Besuch am Saxe-Coburg Square und den Andeutungen, mit denen sich Holmes von mir getrennt hatte. Was

nocturnal expedition, and why should I go armed? Where were we going, and what were we to do? I had the hint from Holmes that this smooth-faced pawnbroker's assistant was a formidable man – a man who might play a deep game. I tried to puzzle it out, but gave it up in despair and set the matter aside until night should bring an explanation.

It was a quarter-past nine when I started from home and made my way across the Park, and so through Oxford Street to Baker Street. Two hansoms were standing at the door, and as I entered the passage I heard the sound of voices from above. On entering his room I found Holmes in animated conversation with two men, one of whom I recognized as Peter Jones, the official police agent, while the other was a long, thin, sad-faced man, with a very shiny hat and oppressively respectable frock-coat.

"Ha! our party is complete," said Holmes, buttoning up his pea-jacket and taking his heavy hunting crop from the rack. "Watson, I think you know Mr. Jones, of Scotland Yard? Let me introduce you to Mr. Merryweather, who is to be our companion in to-night's adventure."

"We're hunting in couples again, Doctor, you see," said Jones in his consequential way. "Our friend here is a wonderful man for starting a chase. All he wants is an old dog to help him to do the running down."

"I hope a wild goose may not prove to be the end of our chase," observed Mr. Merryweather gloomily.

"You may place considerable confidence in Mr. Holmes, sir," said the police agent loftily. "He has his own little methods, which are, if he won't mind my saying so, just a little too theoretical and fantastic, but he has the makings of a detective in him. It is not too much to say that once or twice, as in that business of
152 the Sholto murder and the Agra treasure, he has been
153 more nearly correct than the official force."

sollte dieser nächtliche Ausflug, und warum sollte ich bewaffnet kommen? Wohin würden wir gehen und was würden wir da tun? Holmes hatte mir den Wink gegeben, daß dieser milchgesichtige Gehilfe des Pfandleihers ein beachtlicher Mann war – ein Mann, der womöglich ein gefährliches Spiel spielte. Ich versuchte es auseinanderzutüfteln, gab aber verzweifelt auf und ließ die Dinge ruhen, bis die Nacht eine Erklärung herbeiführen würde.

Um viertel nach neun brach ich von zu Hause auf, durchquerte den Hyde Park und gelangte über die Oxford Street in die Baker Street. Zwei zweirädrige Kutschen standen vor der Tür, und als ich in den Flur trat, hörte ich von oben den Klang von Stimmen. In seinem Zimmer traf ich Holmes in angeregter Unterhaltung mit zwei Herren, von denen ich den einen als Peter Jones, den Polizeikommissar, erkannte, während der andere ein langer, dünner trübselig blickender Mann war mit einem auf Hochglanz polierten Zylinder und einem bedrückend korrekten Gehrock.

«Ah! Unsere Gesellschaft ist vollständig», sagte Holmes, knöpfte seine Seemannsjacke zu und nahm seine schwere Reitpeitsche vom Ständer. «Watson, Sie kennen bereits Mr. Jones von Scotland Yard. Darf ich Sie Mr. Merryweather vorstellen, der an unserem Abenteuer heute Nacht teilnehmen wird.»

«Wir jagen wieder zu zweit, Doktor, wie Sie sehen», sagte Jones in seiner wichtigtuerischen Art. «Unser Freund hier ist ein großartiger Mann, um eine Jagd zu eröffnen. Alles, was er benötigt, ist ein alter Hund, der ihm bei der Hatz hilft.»

«Ich hoffe, daß am Ende unserer Jagd nicht nur eine Wildgans erlegt ist», bemerkte Mr. Merryweather verdrießlich.

«Sie können durchaus Vertrauen in Mr. Holmes setzen», sagte der Kommissar überlegen. «Er hat seine eigenen kleinen Methoden, die, wenn ich ihm damit nicht zu nahe trete, fast ein bißchen zu theoretisch und verstiegen sind, doch er hat das Zeug zu einem Detektiv. Ich übertreibe nicht, wenn ich sage, daß er ein- oder zweimal, wie im Fall des Sholto-Mordes und dem des Agra-Schatzes, richtiger lag als die Polizei.»

"Oh, if you say so, Mr. Jones, it is all right," said the stranger with deference. "Still, I confess that I miss my rubber. It is the first Saturday night for seven-and-twenty years that I have not had my rubber."

"I think you will find," said Sherlock Holmes, "that you will play for a higher stake to-night than you have ever done yet, and that the play will be more exciting. For you, Mr. Merryweather, the stake will be some £ 30,000; and for you, Jones, it will be the man upon whom you wish to lay your hands."

"John Clay, the murderer, thief, smasher, and forger. He's a young man, Mr. Merryweather, but he is at the head of his profession, and I would rather have my bracelets on him than on any criminal in London. He's a remarkable man, is young John Clay. His grandfather was a royal duke, and he himself has been to Eton and Oxford.

His brain is as cunning as his fingers, and though we meet signs of him at every turn, we never know where to find the man himself. He'll crack a crib in Scotland one week, and be raising money to build an orphanage in Cornwall the next. I've been on his track for years and have never set eyes on him yet."

"I hope that I may have the pleasure of introducing you to-night. I've had one or two little turns also with Mr. John Clay, and I agree with you that he is at the head of his profession. It is past ten, however, and quite time that we started. If you two will take the first hansom, Watson and I will follow in the second."

Sherlock Holmes was not very communicative during the long drive and lay back in the cab humming the tunes which he had heard in the afternoon. We tattled through an endless labyrinth of
154 gas-lit streets until we emerged into Fartington
155 Street.

«Oh, wenn Sie das sagen, dann wird schon alles seine Richtigkeit haben», sagte der Fremde voller Hochachtung. «Doch ich muß gestehen, daß ich meine Robberpartie vermisse. Es ist der erste Samstag Abend seit 27 Jahren, an dem ich nicht Robber spielen kann.»

«Sie werden noch merken», sagte Sherlock Holmes, «daß Sie heute Nacht um einen höheren Einsatz spielen als je zuvor, und daß das Spiel aufregender sein wird. Für Sie, Mr. Merryweather, beläuft sich der Einsatz auf ungefähr 30000 Pfund, und für Sie, Jones, geht es um den Mann, den Sie zu verhaften wünschen.»

«John Clay, Mörder, Dieb, Einbrecher und Falschmünzer. Er ist noch ein junger Mann, Mr. Merryweather, doch in seinem Beruf liegt er an der Spitze, und ich würde meine netten kleinen Handschellen lieber ihm als irgend einem anderen Verbrecher in London anlegen. Er ist ein erstaunlicher Mann, dieser junge John Clay. Scin Großvater war Herzog und Mitglied des königlichen Hauses, und er selber war in Eton und Oxford. Sein Gehirn arbeitet so geschickt wie seine Finger, und obwohl wir dauernd auf seine Spur treffen, wissen wir doch nie, wo wir den Mann selber ausfindig machen können. In der einen Woche bricht er in Schottland in einen Laden ein, in der nächsten sammelt er Geld, um ein Waisenhaus in Cornwall zu bauen. Ich bin ihm schon seit Jahren auf den Fersen und habe ihn doch noch nie mit eigenen Augen gesehen.»

«Ich hoffe, daß ich heute Nacht das Vergnügen habe, Sie miteinander bekannt zu machen. Ich habe auch ein oder zwei Zusammenstöße mit diesem John Clay gehabt, und ich stimme mit Ihnen überein, daß er in seinem Beruf an der Spitze liegt. Aber meine Herren, es ist jetzt zehn Uhr vorbei und höchste Zeit, daß wir aufbrechen. Wenn Sie beide die erste Zweirad-Droschke nehmen, werden Watson und ich in der zweiten folgen.»

Sherlock Holmes war während der langen Fahrt nicht sehr mitteilsam und saß zurückgelehnt in der Droschke und summte die Melodien, die er am Nachmittag vernommen hatte. Wir ratterten durch ein endloses Gewirr von gaslichterleuchteten Straßen, bis wir auf die Farrington Street kamen.

"We are close there now," my friend remarked. "This fellow Merryweather is a bank director, and personally interested in the matter. I thought it as well to have Jones with us also. He is not a bad fellow, though an absolute imbecile in his profession. He has one positive virtue. He is as brave as a bulldog and as tenarious as a lobster if he gets his claws upon anyone. Here we are, and they are waiting for us."

We had reached the same crowded thoroughfare in which we had found ourselves in the morning. Our cabs were dismissed, and, following the guidance of Mr. Merryweather, we passed down a narrow passage and through a side door, which he opened for us. Within there was a small corridor, which ended in a very massive iron gate. This also was opened, and led down a flight of winding stone steps, which terminated at another formidable gate. Mr. Merryweather stopped to light a lantern, and then conducted us down a dark, earth-smelling passage, and so, after opening a third door, into a huge vault or cellar, which was piled all round with crates and massive boxes.

"You are not very vulnerable from above," Holmes remarked as he held up the lantern and gazed about him.

"Nor from below," said Mr. Merryweather, striking his stick upon the flags which lined the floor. "Why, dear me, it sounds quite hollow!" he remarked, looking up in surprise.

"I must really ask you to be a little more quiet!" said Holmes severely. "You have already imperilled the whole success of our expedition. Might I beg that you would have the goodness to sit down upon one of those boxes, and not to interfere?"

The solemn Mr. Merryweather perched himself upon a crate, with a very injured expression upon his
156 face, while Holmes fell upon his knees upon the floor
157 and, with the lantern and a magnifying lens, began to

«Wir sind jetzt gleich da», bemerkte mein Freund. «Dieser Bursche Merryweather ist Bankdirektor und persönlich an der Sache interessiert. Ich hielt es für richtig, auch Jones dabei zu haben. Er ist kein übler Kerl, wenn er auch in seinem Beruf ein totaler Schwachkopf ist. Er hat eine vorteilhafte Eigenschaft: Er ist so mutig wie ein Bullenbeißer und so hartnäckig wie ein Hummer, wenn er jemanden zu fassen bekommt. So, wir sind da, und die anderen warten schon auf uns.»

Wir hatten dieselbe Hauptverkehrsstraße erreicht, auf die wir am Vormittag gestoßen waren. Unsere Droschken wurden fortgeschickt, und wir folgten dem vorausgehenden Merryweather in einen engen Durchgang zu einer Seitentür, die er uns öffnete. Dahinter war ein schmaler Gang, der vor einem sehr schweren Eisengitter endete. Dieses wurde auch geöffnet, und nun führte eine steinerne Wendeltreppe hinab, die vor einem zweiten gewaltigen Gittertor endete. Mr. Merryweather hielt an, um eine Laterne anzuzünden, geleitete uns dann durch einen dunklen, muffig riechenden Flur und, nachdem er eine dritte Tür geöffnet hatte, in ein riesiges Gewölbe oder einen Keller, in dem rundum Kisten und schwere Behälter aufgestapelt waren.

«Von oben sind Sie nicht leicht zu verwunden», bemerkte Holmes, als er die Laterne hochhielt und rundherum Ausschau hielt.

«Von unten auch nicht», sagte Mr. Merryweather und pochte mit seinem Spazierstock auf die Steinplatten, die den Boden bedeckten. «Hoppla, das klingt ja wahrhaftig ganz hohl!» setzte er mit erstauntem Blick hinzu.

«Ich muß Sie wirklich bitten, ein wenig leiser zu sein!» sagte Holmes streng. «Sie haben jetzt schon den ganzen Erfolg unserer Unternehmung gefährdet. Bitte haben Sie die Güte und setzen Sie sich auf eine dieser Kisten – und greifen Sie nicht ein.»

Der würdige Mr. Merryweather setzte sich mit der Miene eines sehr Gekränkten auf eine Kiste, während Holmes sich auf den Fußboden kniete und mit Hilfe der Laterne und einem Vergrößerungsglas begann, die Risse zwischen den Steinen

examine minutely the cracks between the stones. A few seconds sufficed to satisfy him, for he sprang to his feet again and put his glass in his pocket.

"We have at least an hour before us," he remarked, "for they can hardly take any steps until the good pawnbroker is safely in bed. Then they will not lose a minute, for the sooner they do their work the longer time they will have for their escape. We are at present, Doctor – as no doubt you have divined – in the cellar of the City branch of one of the principal London banks. Mr. Merryweather is the chairman of directors, and he will explain to you that there are reasons why the more daring criminals of London should take a considerable interest in this cellar at present."

"It is our French gold," whispered the director. "We have had several warnings that an attempt might be made upon it."

"Your French gold?"

"Yes. We had occasion some months ago to strengthen our resources and borrowed for that purpose 30,000 napoleons from the Bank of France. It has become known that we have never had occasion to unpack the money, and that it is still lying in our cellar. The crate upon which I sit contains 2,000 napoleons packed between layers of lead foil. Our reserve of bullion is much larger at present than is usually kept in a single branch office, and the directors have had misgivings upon the subject."

"Which were very well justified," observed Holmes. "And now it is time that we arranged our little plans. I expect that within an hour matters will come to head. In the meantime, Mr. Merryweather, we must put the screen over that dark lantern."

158 "And sit in the dark?"

159 "I am afraid so. I had brought a pack of cards in my

aufs sorgfältigste zu untersuchen. Es genügten wenige Sekunden, um ihn zufriedenzustellen, denn er stand wieder auf und steckte das Glas in die Tasche.

«Wir müssen mindestens noch eine Stunde warten», sagte er, «denn diese Männer können keinen Schritt tun, bevor sich der brave Pfandleiher sicher zur Ruhe begeben hat. Dann allerdings werden sie keine Minute verlieren, denn je eher sie ihre Arbeit erledigt haben, desto mehr Zeit haben sie für ihre Flucht. Wir befinden uns im Augenblick, Doktor – was Sie ohne Zweifel schon erraten haben – im Keller der City-Niederlassung einer der führenden Londoner Banken. Mr. Merryweather ist der Aufsichtsratsvorsitzende, und er wird Ihnen erklären, daß es Gründe dafür gibt, daß die kühneren Verbrecher von London im Moment diesem Keller besondere Aufmerksamkeit entgegenbringen.»

«Es ist unser französisches Gold», flüsterte der Direktor. «Wir sind mehrfach gewarnt worden, daß ein Anschlag darauf vorbereitet werden könnte.»

«Ihr französisches Gold?»

«Ja. Vor einigen Monaten hatten wir Gelegenheit, unsere Geldreserven aufzustocken, und zu diesem Behufe haben wir von der Bank von Frankreich 30000 Napoleondors entliehen. Es ist bekannt geworden, daß wir noch keine Gelegenheit hatten, das Geld auszupacken und daß es noch in unserem Keller liegt. Die Kiste, auf der ich sitze, enthält 2000 Napoleondors, die in Lagen aus Bleifolie verpackt sind. Unser Vorrat an ungemünztem Gold ist im Augenblick viel größer, als üblicherweise in einer einzigen Niederlassung aufbewahrt wird, und der Aufsichtsrat hat deshalb schon Befürchtungen gehegt.»

«Die waren durchaus gerechtfertigt», bemerkte Holmes. «Und jetzt ist es an der Zeit, daß wir uns über unser kleines Vorhaben ein wenig abstimmen. Ich rechne damit, daß sich die Dinge in einer Stunde zuspitzen werden. In der Zwischenzeit, Mr. Merryweather, müssen wir diese düstere Laterne abblenden.»

«Und im Dunkeln sitzen?»

«Ich fürchte, ja. Ich hatte mir ein Päckchen Spielkarten

pocket, and I thought that, as we were a *partie carrée*, you might have your rubber after all. But I see that the enemy's preparations have gone so far that we cannot risk the presence of a light. And, first of all, we must choose our positions.

These are daring men, and though we shall take them at a disadvantage, they may do us some harm unless we are careful. I shall stand behind this crate, and do you conceal yourselves behind those. Then, when I flash a light upon them, close in swiftly. If they fire, Watson, have no compunction about shooting them down."

I placed my revolver, cocked, upon the top of the wooden case behind which I crouched. Holmes shot the slide across the front of his lantern and left us in pitch darkness – such an absolute darkness as I have never before experienced. The smell of hot metal remained to assure us that the light was still there, ready to flash out at a moment's notice. To me, with my nerves worked up to a pitch of expectancy, there was something depressing and subduing in the sudden gloom, and in the cold dank air of the vault.

"They have but one retreat," whispered Holmes. "That is back through the house into Saxe-Coburg Square. I hope that you have done what I asked you, Jones?"

"I have an inspector and two officers waiting at the front door."

"Then we have stopped all the holes. And now we must be silent and wait."

What a time it seemed! From comparing notes afterwards it was but an hour and a quarter, yet it appeared to me that the night must have almost gone, and the dawn be breaking above us. My limbs were weary and stiff, for I feared to change my position; yet my nerves were worked up to the highest pitch of
160 tension, and my hearing was so acute that I could not
161 only hear the gentle breathing of my companions, but

eingesteckt und mir vorgestellt, da wir eine ‹partie carrée› sind, daß Sie bei alledem doch Ihre Robberpartie haben sollten. Doch ich sehe, daß die Vorbereitungen des Gegners so weit gediehen sind, daß wir das Vorhandensein von Licht nicht riskieren dürfen. Und vor allem müssen wir unsere Plätze einnehmen. Es handelt sich um unerschrockene Männer, und obwohl wir ihren Nachteil ausnutzen, könnten sie uns doch gefährlich werden, wenn wir nicht vorsichtig sind. Ich stelle mich hinter diese Kiste, verbergen Sie sich hinter denen dort. Dann, wenn ich plötzlich das Licht auf die Männer richte, kommen Sie schnell heran. Sollten die Männer feuern, Watson, so haben Sie keine Bedenken, sie niederzuschießen.»

Ich legte meinen Revolver entsichert oben auf die hölzerne Kiste, hinter der ich mich zusammenkauerte. Holmes schloß die Blende der Laterne, und wir saßen in tiefster Dunkelheit – in so vollkommener Dunkelheit, wie ich es nie zuvor erlebt habe. Der Geruch nach heißem Metall blieb und gab uns die Sicherheit, daß das Licht noch da war, bereit, jeden Augenblick aufzuleuchten. Für mich, dessen Nerven bis zur höchsten Erwartung erregt waren, lag etwas Drückendes und Übermächtiges in der plötzlichen Finsternis und in der kalten dumpfigen Luft des Gewölbes.

«Sie haben nur einen einzigen Fluchtweg», flüsterte Holmes. «Und zwar: umkehren und durch das Haus hinaus auf den Saxe-Coburg-Square. Ich hoffe, Sie haben veranlaßt, um was ich Sie bat, Jones?»

«Ein Polizeiinspektor und zwei Polizisten warten vor der Haustür.»

«Dann haben wir alle Schlupflöcher verstopft. Und jetzt müssen wir schweigen und warten.»

Was für eine lange Zeit schien das! Später, als wir uns besprachen, stellte sich heraus, daß es nur eineinviertel Stunden waren, und doch kam es mir so vor, als ob die Nacht schon fast verstrichen sein müßte und es droben dämmerte. Meine Glieder waren müde und steif, weil ich meine Körperhaltung nicht verändern durfte; dabei waren meine Nerven aufs höchste gespannt und mein Gehörsinn so empfindsam, daß ich nicht nur das leise Atmen meiner Gefährten vernahm,

I could distinguish the deeper, heavier in-breath of the bully Jones from the thin, sighing note of the bank director. From my position I could look over the case in the direction of the floor. Suddenly my eyes caught the glint of a light.

At first it was but a lurid spark upon the stone pavement. Then it lengthened out until it became a yellow line, and then, without any warning or sound, a gash seemed to open and a hand appeared; a white, almost womanly hand, which felt about in the centre of the little area of light. For a minute or more the hand, with its writhing fingers, protruded out of the floor. Then it was withdrawn as suddenly as it appeared, and all was dark again save the single lurid spark which marked a chink between the stones.

Its disappearance, however, was but momentary. With a rending, tearing sound, one of the broad, white stones turned over upon its side and left a square, gaping hole, through which streamed the light of a lantern. Over the edge there peeped a clean-cut, boyish face, which looked keenly about it, and then, with a hand on either side of the aperture, drew itself shoulder-high and waist-high, until one knee rested upon the edge. In another instant he stood at the side of the hole and was hauling after him a companion, lithe and small like himself, with a pale face and a shock of very red hair.

"It's all clear," he whispered. "Have you the chisel and the bags? Great Scott! Jump, Archie, jump, and I'll swing for it!"

Sherlock Holmes had sprung out and seized the intruder by the collar. The other dived down the hole, and I heard the sound of rending cloth as Jones clutched at his skirts. The light flashed upon the barrel of a revolver, but Holmes's hunting crop came
162 down on the man's wrist, and the pistol clinked upon
163 the stone floor.

sondern ich konnte unterscheiden zwischen den tieferen, schwereren Atemzügen des dicken Jones und den dünnen, seufzenden des Bankdirektors. Von meinem Versteck aus war es mir möglich, den Blick über die Kiste auf den Fußboden zu richten. Plötzlich fingen meine Augen einen Lichtschein auf.

Erst war es nur ein fahler Funke auf den Steinplatten. Dann dehnte er sich aus, bis er eine gelbe Linie wurde und dann, ohne Vorwarnung oder Geräusch schien sich ein Spalt zu öffnen, und eine Hand tauchte auf. Eine weiße, fast frauliche Hand, die in dem kleinen Lichtbezirk herumtastete. Eine Minute oder länger ragte die Hand mit den grabbelnden Fingern aus dem Boden hervor. Dann wurde sie so plötzlich zurückgezogen, wie sie erschienen war, und alles war wieder dunkel, außer dem fahlen Schein, der eine Ritze zwischen den Steinen nachzeichnete.

Die Hand blieb aber nicht lange verschwunden. Mit dem Geräusch derben Aufbrechens hob sich einer der breiten, weißen Steine, kippte zur Seite und gab ein viereckiges, klaffendes Loch frei, durch welches das Licht einer Laterne heraufleuchtete. Über den Rand lugte ein glattrasiertes, jungenhaftes Gesicht, das eifrig um sich blickte. Die Hände auf beide Seiten der Öffnung gestützt, zog sich der Mensch herauf, erst die Schultern, dann bis zur Hüfte und bis er ein Knie auf den Rand setzen konnte. Im nächsten Augenblick stand er auf der Kante des Loches und zog hinter sich einen Gefährten hoch, der geschmeidig und zierlich wie er selbst war und ein blasses Gesicht und einen Schopf sehr roten Haares hatte.

«Es ist alles klar», flüsterte er. «Hast du das Stemmeisen und die Taschen? Kreuzteufel! Spring, Archie, spring, ich will schon dafür baumeln!»

Sherlock Holmes war vorgesprungen und packte den Eindringling beim Kragen. Der andere tauchte in das Loch hinab und ich hörte, wie Stoff zerriß, als Jones ihn am Rocksaum zu fassen bekam. Das Licht ließ einen Revolverlauf aufblinken, doch Holmes' Reitpeitsche sauste auf das Handgelenk des Mannes nieder, und die Pistole fiel klirrend auf den Steinboden...

"It's no use, John Clay," said Holmes blandly. "You have no chance at all."

"So I see," the other answered with the utmost coolness. "I fancy that my pal is all right, though I see you have got his coat-tails."

"There are three men waiting for him at the door," said Holmes.

"Oh, indeed! You seem to have done the thing very completely. I must compliment you."

"And I you," Holmes answered. "Your red-headed idea was very new and effective."

"You'll see your pal again presently," said Jones. "He's quicker at climbing down holes than I am. Just hold out while I fix the derbies."

"I beg that you will not touch me with your filthy hands," remarked our prisoner as the handcuffs clattered upon his wrists. "You may not be aware that I have royal blood in my veins. Have the goodness, also, when you address me always to say 'sir' and 'please.'"

"All right," said Jones with a stare and a snigger. "Well, would you please, sir, march upstairs, where we can get a cab to carry your Highness to the policestation?"

"That is better," said John Clay serenely. He made a sweeping bow to the three of us and walked quietly off in the custody of the detective.

"Really, Mr. Holmes," said Mr. Merryweather as we followed them from the cellar, "I do not know how the bank can thank you or repay you. There is no doubt that you have detected and defeated in the most complete manner one of the most determined attempts at bank robbery that have ever come within my experience."

"I have had one or two little scores of my own to settle with Mr. John Clay," said Holmes. "I have
164 been at some small expense over this matter, which
165 I shall expect the bank to refund, but beyond that I am

«Es hat keinen Zweck, John Clay», sagte Holmes sanft. «Sie haben überhaupt keine Chance.»

«Das sehe ich», sagte der andere mit äußerstem Gleichmut. «Ich nehme an, daß mein Kumpan sich retten konnte, obwohl Sie anscheinend seine Rockschöße ergattert haben.»

«Drei Leute warten bereits vor der Haustür auf ihn», sagte Holmes.

«Ach, wirklich! Sie scheinen das sehr sorgfältig gemacht zu haben. Ich muß Ihnen ein Kompliment machen.»

«Und ich Ihnen», antwortete Holmes. «Ihre rothaarige Idee war etwas ganz Neues und sehr wirksam.»

«Sie werden Ihren Kumpan gleich wiedersehen», sagte Jones. «Er ist schneller als ich im Herabklettern von Löchern. Jetzt geben Sie mir Ihre Hände für die Handschellen!»

«Ich bitte Sie, mich nicht mit Ihren schmutzigen Händen zu berühren», sagte unser Gefangener, als sich die Handschellen um seine Gelenke schlossen. «Ihnen ist vielleicht nicht klar, daß königliches Blut in meinen Adern fließt. Und haben Sie die Freundlichkeit, wenn Sie mich anreden, immer ‹Sir› und ‹bitte› hinzuzufügen.»

«In Ordnung», sagte Jones mit unbewegtem Blick und einem Grinsen. «Also, würden Sie bitte, Sir, jetzt die Treppe hinaufgehen, damit wir eine Droschke bestellen können, um Eure Hoheit ins Polizeirevier zu bringen.»

«Das klingt schon besser», sagte John Clay heiter. Er machte zu uns dreien eine schwungvolle Verbeugung und ging gelassen in der Obhut des Polizeidetektiven davon.

«Wirklich, Mr. Holmes», sagte Mr. Merryweather, als wir ihnen aus dem Keller nachfolgten, «ich weiß nicht, wie die Bank Ihnen danken oder Ihnen das vergelten soll.

Es besteht kein Zweifel, daß Sie eines der planvollsten Bankraub-Unternehmen auf die vollendetste Weise ausfindig gemacht und vereitelt haben.»

«Ich hatte selber eine oder zwei Rechnungen mit Mr. John Clay zu begleichen», sagte Holmes. «Ich habe im Zusammenhang mit dieser Sache einige kleine Ausgaben gehabt, die mir, wie ich denke, von der Bank erstattet werden; doch darüber

amply repaid by having had an experience which is in many ways unique, and by hearing the very remarkable narrative of the Red-headed League."

"You see, Watson," he explained in the early hours of the morning as we sat over a glass of whisky and soda in Baker Street, "it was perfectly obvious from the first that the only possible object of this rather fantastic business of the advertisement of the League, and the copying of the Encyclopaedia, must be to get this not over-bright pawnbroker out of the way for a number of hours every day. It was a curious way of managing it, but, really, it would be difficult to suggest a better. The method was no doubt suggested to Clay's ingenious mind by the colour of his accomplice's hair. The £ 4 a week was a lure which must draw him, and what was it to them, who were playing for thousands? They put in the advertisement, one rogue has the temporary office, the other rogue incites the man to apply for it, and together they manage to secure his absence every morning in the week. From the time that I heard of the assistant having come for half wages, it was obvious to me that he had some strong motive for securing the situation."

"But how could you guess what the motive was?"

"Had there been women in the house, I should have suspected a mere vulgar intrigue. That, however, was out of the question. The man's business was a small one, and there was nothing in his house which could account for such elaborate preparations, and such an expenditure as they were at. It must, then, be something out of the house. What could it be? I thought of the assistant's fondness for photography, and his trick of vanishing into the cellar. The cellar! There was the end of this tangled clue. Then I made
166 inquiries as to this mysterious assistant and found
167 that I had to deal with one of the coolest and most

hinaus bin ich großzügig entschädigt mit einer Erfahrung, die in vieler Hinsicht einzig war, und mit der unvergeßlichen Erzählung über den Verein der Rothaarigen . . .»

«Sehen Sie, Watson», erklärte er mir in den frühen Morgenstunden, als wir zusammen bei einem Glas Whisky-Soda in der Baker Street saßen, «es war völlig klar von Anfang an, daß der einzig mögliche Grund für diese recht unsinnige Anzeige des Vereins und das Abschreiben der Encyclopädie sein mußte, diesen nicht übermäßig schlauen Pfandleiher jeden Tag einige Stunden lang aus dem Weg zu schaffen. Dies so zu bewerkstelligen, war etwas ausgefallen, doch könnte man kaum einen besseren Vorschlag machen. Die Art und Weise entstand ohne Zweifel in Clays erfinderischen Kopf durch die Haarfarbe seines Komplizen.

Die vier Pfund in der Woche waren ein Köder, der den Pfandleiher anlocken mußte – und was bedeuteten sie ihnen, denen es um Tausende ging? Sie geben die Anzeige auf, der eine Gauner wartet in dem provisorischen Kontor, der andere Gauner stachelt den Mann an, sich dorthin zu wenden, und gemeinsam schaffen sie es, seine Abwesenheit an jedem Morgen in der Woche zu sichern. Von dem Augenblick an, als ich erfuhr, daß der Gehilfe zum halben Lohn kam, war es mir klar, daß er einen zwingenden Grund hatte, sich diese Stellung zu sichern.»

«Doch wie haben Sie herausgebracht, welches der Grund war?»

«Wären Frauen in dem Haus gewesen, hätte ich ein ganz gewöhnliches Liebesabenteuer vermutet. Das kann nun aber nicht in Frage. Das Geschäft des Mannes war klein, und in seinem Haus gab es nichts, was Anlaß für solche mühevollen Vorbereitungen sein konnte und für den Aufwand, den sie betrieben. Dann mußte es eben etwas sein, das außerhalb des Hauses lag. Was konnte es sein? Ich dachte an die Vorliebe des Gehilfen für Fotografie und seine Angewohnheit, in den Keller zu verschwinden. Der Keller! Hier war das Ende des verwirrten Fadens. Dann stellte ich Fragen über diesen rätselvollen Gehilfen und erkannte, daß ich es mit einem der kaltblütigsten

daring criminals in London. He was doing something in the cellar – something which took many hour a day for months on end. What could it be, once more? I could think of nothing save that he was running a tunnel to some other building.

"So far I had got when we went to visit the scene of action. I surprised you by beating upon the pavement with my stick. I was ascertaining whether the cellar stretched out in front or behind. It was not in front. Then I rang the bell, and, as I hoped, the assistant answered it. We have had some skirmishes, but we had never set eyes upon each other before. I hardly looked at his face. His knees were what I wished to see. You must yourself have remarked how worn, wrinkled, and strained they were. They spoke of those hours of burrowing. The only remaining point was what they were burrowing for. I walked round the corner, saw the City and Suburban Bank abutted on our friend's premises, and felt that I had solved my problem. When you drove home after the concert I called upon Scotland Yard and upon the chairman of the bank directors, with the result that you have seen."

"And how could you tell that they would make their attempt to-night?" I asked.

"Well, when they closed their League offices that was a sign that they cared no longer about Mr. Jabez Wilson's presence – in other words, that they had completed their tunnel. But it was essential that they should use it soon, as it might be discovered, or the bullion might be removed. Saturday would suit them better than any other day, as it would give them two days for their escape. For all these reasons I expected them to come to-night."

"You reasoned it out beautifully," I exclaimed in unfeigned admiration. "It is so long a chain, and yet
168 every link rings true."

169 "It saved me from ennui," he answered, yawning.

und kühnsten Verbrecher Londons zu tun hatte. Er hatte irgend etwas im Keller zu tun – etwas, das über endlose Monate hin täglich viele Stunden in Anspruch nahm. Was konnte das denn wohl sein? Mir fiel nichts ein, als daß er einen Tunnel zu einem anderen Gebäude grub.

So weit war ich gediehen, als wir den Schauplatz aufsuchten. Sie haben sich gewundert, daß ich mit meinem Spazierstock auf den Gehsteig pochte. Da wollte ich feststellen, ob der Stollen nach vorne heraus oder nach hinten verlief. Vorne war er nicht. Dann läutete ich, und es meldete sich wie erhofft der Gehilfe. Ich war mit ihm schon hin und wieder in ein Scharmützel geraten, doch Aug in Auge waren wir uns noch nie gegenübergestanden. Ich schaute kaum in sein Gesicht. Es waren die Knie seiner Hosenbeine, die ich zu sehen wünschte. Sie müssen selber bemerkt haben, wie ausgebeult, zerknittert und befleckt sie waren. Sie bezeugten die vielen Stunden des Tunnelbaus. Jetzt war nur noch ungeklärt, wonach sie gruben. Ich ging um den Block, sah, daß die Zentral-und-Vorstadt-Bank hinten an das Grundstück unseres Freundes angrenzte, und hatte das Gefühl, daß ich mein Problem gelöst hatte. Als Sie nach dem Konzert nach Hause fuhren, sprach ich kurz bei Scotland Yard vor und bei dem Aufsichtsratvorsitzenden der Bank, mit dem Ergebnis, das Sie erlebt haben.»

«Und wie wußten Sie, daß die Männer ihren Anschlag heute Nacht ausüben wollten?» fragte ich.

«Sie schlossen das Kontor des Vereins, und das zeigte, daß ihnen Mr. Jabez Wilsons Anwesenheit nichts mehr ausmachte – mit anderen Worten: daß sie ihren Tunnel fertiggestellt hatten. Doch es war wichtig, daß sie ihn bald benutzten, da er hätte entdeckt oder das ungemünzte Gold vielleicht hätte weggeschafft werden können. Samstag war günstiger für sie als jeder andere Tag, da ihnen zwei Tage für die Flucht blieben. Aus all diesen Gründen habe ich ihr Kommen heute Nacht erwartet.»

«Sie haben es vollendet durchdacht», sagte ich in aufrichtiger Bewunderung. «Es ist so eine lange Kette, doch jedes Glied klingt echt.»

«Es hat mich vor der Langeweile gerettet», antwortete er

"Alas! I already feel it closing in upon me. My life is spent in one long effort to escape from the commonplaces of existence. These little problems help me to do so."

"And you are a benefactor of the race," said I.

He shrugged his shoulders. "Well, perhaps, after all, it is of some little use," he remarked. "*L'homme c'est rien – l'œuvre c'est tout*, as Gustave Flaubert wrote to George Sand."

gähnend. «Ach ja! Ich spüre schon wieder, wie sie mich überkommt. Mein Leben ist eine einzige große Anstrengung, den Gewöhnlichkeiten des Daseins zu entrinnen. Solche kleinen Denkaufgaben helfen mir dabei.»

«Und Sie sind ein Wohltäter der Menschheit», sagte ich.

Er hob die Schultern. «Nun, vielleicht ist es wirklich von einigem Nutzen», äußerte er. «*L'homme c'est rien – l'œuvre c'est tout,* wie Gustave Flaubert an George Sand schrieb: Der Mensch ist nichts – das Werk ist alles.»

DETEKTIVGESCHICHTEN UND SHERLOCK HOLMES

Kitty Winter gewidmet

Te totum applica ad textum

Detektivgeschichten, Rätsel und Witze verdanken ihre Wirkung dem Gefühl von Überraschung und Genugtuung: Überraschung, eine unerwartete Wendung mitzuerleben, Genugtuung, verstanden zu haben. Der Witz muß auf das Nötigste gekürzt sein, das Rätsel kann in einer Umgebung stecken, aus der es herausgeholt werden muß.

Die Rätsellösung des Detektivs ist, wie die Traumdeutung, nicht schöpferisch (synthetisch), sondern analytisch: «Auf fünfzig, die synthetisch denken, kommt einer, der analytisch denken kann» (Sherlock Holmes).

Sherlock Holmes ist der berühmteste Detektiv. Hat er gelebt? Seine Verehrer sind eine Glaubensgemeinschaft. Für Gläubige ist ihr Glaube wahr, für Andersgläubige ist er nicht wahr. Hat der Gläubige recht oder der Ungläubige? Wir wollen sehen, was wir beweisen können.

Der Verfasser der Berichte, Arthur (später geadelt: Sir Arthur) Conan Doyle (ACD), war der Enkel von John Doyle, Karikaturist, und Marianne geb. Conan; deren Sohn Charles, Maler, heiratete Mary Foley. Alle waren katholisch und irisch. Deren Sohn Arthur (geboren in Edinburgh am 22. Mai 1859, gestorben in Crowborough, Sussex, am 7. Juli 1930) führte nach seinem Großonkel und Paten den Doppelnamen Conan Doyle. Der Name Doyle stammt von Pont d'Ouilly sur l'Orne in Nordwestfrankreich; er wird in Verbindung gebracht mit langue d'oui (d'oil). Mit anderen Namen dieser Gegend taucht der Name im 14. Jahrhundert in Irland auf, in England zuerst als d'Oil. Der Name Conan kommt vor unter den Herzögen der Bretagne und bei Königen und Helden irischer Sagen (Donegal, Tory); keltisch conan bedeutet Führer, intelligent; verwandt ist althochdeutsch kunning, cuning, später konung.

Arthur wurde an berühmte Jesuitenschulen geschickt, zuerst nach Stonyhurst in Lancashire, dann an die Stella

Matutina in Feldkirch, Vorarlberg. Danach studierte er Medizin in Edinburgh, wo er von seinem Lehrer, Dr. Joseph Bell, die Kunst der Beobachtung lernte. Später studierte er in Wien Augenheilkunde. Die Medizin brachte spärliche Erträge, so daß ACD in reichlicher Freizeit Geschichten schrieb. Dabei scheint er John H. Watson, M. D., kennen gelernt zu haben (JHW), dessen Aufzeichnungen nach ACD's eigenen Angaben den Sherlock-Holmes-Geschichten zugrunde liegen:

In «A study in scarlet» (Beeton's Christmas Annual, London 1881) schreibt ACD: «Ein Nachdruck der Erinnerungen von Dr. med. John H. Watson» und «... wie in Dr. Watsons Tagebuch getreulich vermerkt.» – In «The Bruce-Partington plans» (Strand Magazine, London 1908) steht: «Aus den Tagebüchern meines Freundes John H. Watson, M. D.». – Eine Kartenskizze in «The Reigate Squire» (Strand Magazine, London 1904) ist unterzeichnet mit «John H. Watson». – Das Vorwort zu «His last bow» ist unterzeichnet mit «John H. Watson, M. D.».

Der Name Wat-son soll von althochdeutsch Walt-hari (= der über das Heer waltet) stammen.

Als Beweis für die Existenz von Sherlock Holmes (SH) haben wir nur die Berichte von JHW, und auch diese bringen nur wenig über das Leben von SH vor der Begegnung mit JHW. Seine Ahnen waren Landedelleute. Der Name Sherlock ist angelsächsisch scir-loc (= hellhaarig, blond) oder kommt von skër-loc = geschoren; die Bauern trugen im Gegensatz zum Adel die Haare kurz: Gscherte. – Holmes kommt von nordisch holm = Insel.

SH studierte an einer oder mehreren Universitäten, was er für seinen Beruf brauchte, aber nicht mehr. Er wußte nichts von der Bahn der Erde um die Sonne, wohl aber von der Schiefe der Ekliptik, welche die jahreszeitliche Änderung der Sonnenhöhe bedingt. JHW und ACD wußten von der Astronomie offenbar ebenso wenig wie vom Wachstum der Bäume oder der Wanderung des magnetischen Pols, der die Nordrichtung bestimmt, als sie die Bergung des Schatzes der Familie Musgrave beschrieben ...

Sich selbst lehrte SH, zu sehen, was andere übersehen. Ein

Knabe sieht an einem Mädchen die leuchtenden Augen, ein Jüngling die Formen, eine Dame Teint, Kleidung, Frisur, Aufmachung, eine ältere Frau Umfang und Fältchen – nun ja, es ist nicht mehr nur von Mädchen die Rede. SH aber sieht Hände, Fingernägel, Handschuhe, Schuhbänder, Krawattennadeln, Anhänger, Abnützung der Schuhe, der Ärmel, des Saumes. Alle erreichbaren Daten will er haben, ehe er anfängt zu theoretisieren; allzu leicht paßt man Beobachtungen einer vorgefaßten Meinung an.

SH brauchte eine Umgebung, die ihn in Ruhe ließ. Zur Anregung benutzte er schwarzen Kaffee und Tabak. (Dessen intelligenzfördernde Wirkung wird durch neueste amerikanische Tierversuche bestätigt; leider gingen die Katzen dabei ein.)

JHW und ACD gaben weiter, was sie verstehen konnten.

Im Gegensatz zu den verzwickten Plänen modernerer Erzählungen sind die Sherlock-Holmes-Geschichten einfach und zusammenhängend; viele beziehen sich nicht auf Straftaten; die Urteile sind ganz modern. Klientinnen verschweigt SH manchmal die Lösung: Ein Mann kann Recht haben, er behält es aber nicht.

Wie andere Historiker beschreiben JHW und ACD ihren Helden und seine Taten so, wie sie hätten sein sollen; sie machen die Ereignisse erstaunlicher. Zum Beispiel: SH liest aus den sechs Worten des Fetzens eines Briefs einiges heraus und sagt, er könne noch zwei, drei weitere Schlüsse ziehen. JHW notiert «2, 3», im Druck erscheint «23».

JHW und ACD versuchen, Ort und Personen unkenntlich zu halten: eine Erzählung dreht sich um eine Priory School und einen Duke of Holdernesse (Holdernesse ist eine Halbinsel in East Yorkshire); später spricht SH von einer Abbey School und einem Duke of Greyminster (Greyminster liegt auf einer Halbinsel an der Westküste Irlands). Klar ist also lediglich, daß es sich um eine früher klösterliche Schule handelt, und um eine Person des Hochadels, deren Titel der Name einer Halbinsel ist.

Durch JHW's und ACD's Bemühung, auch die Zeit nicht exakt festzulegen, ergeben sich Unstimmigkeiten zwischen

Datum und Wochentag, zwischen der Jahreszeit und den Auf- und Untergängen von Sonne und Mond, den Mondphasen, dem Zustand der Flora usw.

Eine umfangreiche Literatur bemüht sich, diese Widersprüche zu klären.

Was wir in SH haben, dank der Erzählkunst von JHW und ACD, ist: ein keltischer Langschädel, arrogant gegen Männer, ritterlich gegen Frauen, ein treuer, aber nicht bequemer Freund und ein psychologisches Problem.

In vielen Ländern haben sich Freunde von SH in Gesellschaften zusammengeschlossen: an 140 in den USA, weitere 33 in Australien, Burma, Canada, Dänemark, England, Holland, Hongkong, Japan, Neuseeland, Schweden und Venezuela. Die berühmtesten sind die «Baker Street Irregulars» und die «Adventuresses of Sherlock Holmes», beide in New York. Da nirgends Titel so hoch geschätzt werden wie in Demokratien, verleihen die Baker Street Irregulars den Titel «B.S.I», und zwar an Männer, die etwas getan haben «to keep the memory of the Master green». Außerhalb Amerikas gibt es sieben B.S.I., darunter einen im deutschen Sprachgebiet. Dieser erlaubt sich, da in seiner Heimat Adelstitel verboten sind, zu zeichnen als

Ihr hochachtungsvoll ergebener
~~Baron~~ Gruner, B.S.I.

PS. Viele Daten verdanke ich den erprobten sherlockianischen Spezialisten Black Peter, B.S.I., und Good Old Index, M.Bt., B.S.I.

Englisch-deutsche Bände der Reihe dtv zweisprachig (Stand Sommer 1982)

Ambrose Bierce: Ein Vorfall an der Eulenfluß-Brücke und andere Erzählungen. – 9157

Ambrose Bierce: Aus dem Wörterbuch des Teufels. – 9183

Lord Byron: Ein Selbstbildnis aus Briefen, Tagebüchern und Gedichten. – 9147

Raymond Chandler: Gesteuertes Spiel. Kriminalnovelle. – 9125

Agatha Christie: Hercule Poirot, Miss Marple und ... (3 Fälle). – 9118

Joseph Conrad: Jugend: Ein Bericht. – 9143

Charles Dickens: Zur Strecke gebracht und andere Erzählungen. – 9158

Charles Dickens: Die zwei Erzählungen des Handlungsreisenden. Illustriert. – 9012

Ernest Hemingway: Väter und Söhne. Kurzgeschichten. – 9171

Aldous Huxley: Erholsame Tage. Erzählung. – 9175

Jack London: Was einen nicht losläßt. Erzählungen. – 9179

Herman Melville: Bartleby der Schreiber. Erzählung. – 9173

George Orwell: Die Engländer. – 9017

Edgar Allan Poe: Der Goldkäfer. Der Fall des Hauses Ascher. Erzählungen. – 9114

Robert Sheckley: Endlich allein und andere SF-Erzählungen. – 9188

J. R. R. Tolkien: Die Geschichte vom Bauern Giles und dem Drachen. Illustriert. – 9073

Mark Twain: Sechs erstaunliche Kurzgeschichten. – 9035

Oscar Wilde: Lord Arthur Saviles Verbrechen. – 9048

Oscar Wilde: Das Gespenst von Canterville. Illustriert – 9110

P. G. Wodehouse: Jeeves übernimmt das Ruder. Drei Erzählungen. – 9154

Klassische amerikanische Kurzgeschichten. Harte, London, Hawthorne, Poe, Melville, Mark Twain. – 9006

Amerikanische Kurzgeschichten (1). Anderson, Wilder, Saroyan, Steinbeck, Caldwell, Faulkner, Thurber. – 9003

Amerikanische Kurzgeschichten (2). Wilbur, Cain, McCullers, Enright, Capote. – 9011

Englische Kurzgeschichten (2). Bates, Monsarrat, Taylor, Wilson, Thomas, Baron, Kneale. – 9043

Moderne englische Kurzgeschichten. Saki, Woolf, Maugham, Huxley, Waugh, Pritchett. – 9022

Irische Erzählungen. Carleton, Corkery, Moore, O'Kelly, Somerville & Ross. – 9145

Irische Kurzgeschichten. Lord Dunsany, MacManus, McMahon, O'Connor, O'Faolain, O'Flaherty, Sheehy. – 9120

Großes Kurzgeschichten-Buch (1). Capote, Faulkner, Goyen, Hemingway, Huxley, Joyce, McCullers, Mansfield, Maugham, O'Faolain, Page, Saroyan, Spettigue, Steinbeck, Thomas, Woolf. – 9163

Großes Kurzgeschichten-Buch (2). Bierce, Carleton, Crane, Dickens, Dunsany, Hawthorne, Henry, Kipling, London, Melville, Poe, Saki, Stevenson, Mark Twain, Wilde. – 9170

Klassische Wildwestgeschichten. Adams, Crane, Harte, Henry, Russell, White. – 9165

Englische Kriminalgeschichten. Edgar Wallace, Agatha Christie, Dorothy Sayers. – 9029

Englische Gruselgeschichten. Bierce, Courier, Crowe, Dickens, Palmer & Lloyd, Saki, Stoker. – 9177

Englische Gedichte. Von der Vor-Shakespeare-Zeit bis zur Gegenwart. – 9181

Englische Märchen. Illustriert. – 9008

Englische Sprichwörter. Illustriert. – 9132

Englische Witze. – 9159

Deutsch-englische Bände der Reihe

Johann Wolfgang Goethe: West-östlicher Divan. – 9149

Erich Kästner: Aus seiner kleinen Versfabrik. – 9115

Kurt Tucholsky: Kleines Lesebuch. – 9130

Deutsche Erzählungen (1). Andersch, Bachmann, Böll, Grass, Lenz, Schnurre, Wohmann. – 9097

Deutsche Erzählungen (2). Doderer, Hofmannsthal, Kafka, Musil, Rilke, Roth, Schnitzler. – 9128

Deutsche Erzählungen (3). Andres, Bergengruen, Brecht, Canetti, Döblin, Ernst, Hesse, Mann, Zuckmayer. – 9185